FACE IT

EMBRACE IT

DEFY IT

CONQUER IT

THE WILL TO SURVIVE

— TO —

SURVIVE

박지영 옮김

빅토리아 알렌의 생존과 가족, 특별한 믿음에 관한 기록

나는 나를
포기하지 않는다

—————— 빅토리아 알렌 ——————

가나

엄마에게

엄마는 내 날개를 떠받치는 바람 같은 존재예요.

극복할 수 없을 것 같은 역경 속에서도 엄마의 사랑,

하나님과 나에 대한 믿음은 결코 흔들리지 않았어요.

엄마는 나의 영웅이에요.

늘 그래왔듯 앞으로도 그럴 거예요.

엄마가 상상도 못 할 만큼 엄마를 사랑해요.

나를 끝까지 포기하지 않아줘서 고마워요.

Victoria Arlen

2부

न्नेे

3부

첨벙! 수영장 물속으로 던져지다 124
2010년 8월부터 2011년 9월까지

맙소사, 내가 패럴림픽 국가대표가 되다니 154
2012년 6월부터 9월까지

모두가 함께 기적을 만들다! 174
2012년 9월부터 2013년 6월까지

믿음을 켜고, 공포를 끄는 방법 190
2013년 6월

희망을 품었다는 이유로 퇴출당하다 198
2013년 8월부터 9월까지

다시 시작된 발작, 간절한 기도 212
2013년 9월부터 2015년 4월까지

4부

※※

SPECIAL THANKS

"한 번의 숨도 당연하지 않다"

발렌틴 치메르코우스키

"이번 시즌에 만나게 될 당신 파트너는 정말로 특별한 여성이에요. 당신한테 이번 시즌은 좀 다르게 느껴질 거예요. 굉장히 기대되네요."

〈댄싱 위드 더 스타〉 책임 프로듀서가 말했다. 나는 리얼리티 프로그램 〈댄싱 위드 더 스타〉에 전문 댄서로서 출연 중인데, 스물다섯 번째 시즌 파트너를 만나려고 베벌리 힐스에 있는 댄스 스포츠 연습실로 가던 참이었다.

이 프로그램도 좋고 함께 일하는 사람들도 좋지만, 할리우드에서 '기대된다'고 하면 나로선 예상치 못한 이유일 때가 있다. 파트너가 누구일지 상상이 안 되었다. 고개를 끄덕이며 프로듀서에게 간단히 좋다고 했지만, 머릿속에는 질문이 백만 개쯤 떠올랐다.

'다르다는 게 무슨 뜻이에요? 어떻게 다르죠? 열두 시즌 동안 이 프로그램에 출연했는데 이번 파트너는 뭐가 그렇게 특별해서 전과 다르다는 거죠?'

나는 냉큼 알아낼 작정이었다.

낡고 아담한 연습실 문을 열고 나무 바닥에 한 발을 내딛는 순간, 방 한가운데에 서 있는 젊고 아름다운 여성이 눈에 들어왔다. 딱 봐도 기대에 부풀어 열의로 빛나는 모습이었다.

"안녕하세요. 저는 발렌틴입니다."

가능한 한 무난하게 운을 뗐다.

"안녕하세요. 저는 빅토리아예요."

그녀가 대답했다.

"자기소개 좀 해주세요. 앞으로 몇 달간 우리는 꽤 오래 붙어 있어야 하거든요."

나름 완곡하게 표현한 거였다. 이 프로그램에 출연하는 스타들과 그들의 파트너인 전문 댄서들은 프로그램이 시작하기 3개월 전부터 거의 날마다 함께 연습한다. 내 수업 방식은 상당히 혹독한 편이고 요구하는 사전 연습양도 굉장히 많았다. 어떤 스타라도 앞으로 겪을 일이 쉽지 않을 터였다.

"음, 저는 장애인 올림픽 금메달리스트예요."

그녀가 대답했다. 자랑스러움과 쑥스러움이 교차하는 표정이 내 마음을 건드렸다.

'장애인 올림픽 선수라고?'

나는 여간 놀란 게 아니었다. '장애인'이라고? 내 앞에 서 있는 사람은 완전히 건강하고, 튼튼하고, 생기발랄한 여성이었다. 전에 함께 춤췄던 스물세 살의 여성 파트너들과 다를 바가 없었다. 다만, 전에는 보지 못한 것이 있다면 범상치 않은 커다랗고 호소력 짙은 갈색 눈동자였다.

"무례하게 굴려는 건 아닌데요, 어째서 장애인 올림픽이지요?"

내가 물었다. 이후 우리가 나눈 대화와 경험은 내 인생을 완전히 바꿔놓을 정도로 놀라웠다. 빅토리아의 어떤 점이 그토록 특별한지 곧 깨닫게 되었다. 열한 살 때부터 수년간 마비에 시달리며 말하는 능력과 듣는 능력을 차례로 상실하고 결국엔 의식 불명 상태에 빠진 것을 비롯해 수많은 시련을 극복해낸 능력도 특별했지만, 빅토리아를 더 특별하게 만든 것은 어린 나이에 찾아온 시련에 그녀가 보인 반응이었다. 웬만큼 심지가 굳세지 않다면 포기하고 싶은 유혹에 넘어갔을 것이다. 하지만 빅토리아는 포기하지 않았고, 그녀의 강인하고 멋진 부모님도 포기하지 않았다.

빅토리아는 다리 감각을 완전히 회복하지 못한 상태였지만 또 다른 도전에 응했다. 나에게 아르헨티나식 탱고를 배우는 것이었다. 함께 연습하고 공연하며 몇 개월을 보내는 동안 빅토리아가 지닌 힘의 원천이 무엇인지 알게 되었다. 그것은 바로 삶을 향한 지칠 줄 모르는 사랑이었다. 그 사랑은 그녀만의 초능력이나 다름없었다. 어떤 난관이 앞에 놓여도 빅토리아는 좌절하지 않았다. 삶을 바라보는 빅토리아의 관점을 통해 나는 다른 이에게서 얻을 수 있는 교훈 중 가장 위대한 교훈을 얻었다.

'숨 한 번 쉬는 것도 당연히 여기지 말라.'

이 책에서 당신은 평범한 가정에서 자라 상상을 초월할 만큼 희귀한 상황에 처한 여자아이를 만나게 될 것이다. 빅토리아와 그녀의 부모님은 포기하는 대신 소중한 삶을 위해 계속 투쟁하는 쪽을 택했다. 패럴림픽 메달리스트인 그녀는 미국의 영웅일 뿐 아니라, 삶을 위한 투쟁에서 승리했다는 점에서 우리의 영웅이기도 하다. 빅토리아의 사연보다 인간정신을 잘 드러내는, 또 가족의 사랑과 신앙의 힘을 잘 증명해주는 이야기는 없다. 그녀의 사연은 사람들의 삶에 목적의식을 불어넣어줄 것이고, 전에는 가능한 줄도 몰랐던 만큼의 감사와 열정에 불을 지펴줄 것이다.

〈댄싱 위드 더 스타〉에서 그녀의 파트너가 된 것에 무척이나 감사하고, 그녀와 시간을 보낼 수 있도록 허락해준 그녀의 가족에게도 감사한다. 우리를 만나게 해준 드넓은 우주에도 빚을 졌다. 빅토리아는 세상에 족적을 남길 것이 분명한 자신의 놀라운 이야기에 나도 일부가 되도록 해주었다. 당신은 빅토리아의 이야기를 읽으며 내가 그랬듯 그녀를 아끼고, 존경하고, 사랑하게 될 것이며, 그녀를 알게 된 기회를 소중히 생각하게 될 것이다.

by. 발렌틴 치메르코우스키

The Will to Survive and the Resolve to Live

✳

1부

Victoria Arlen

왜 이런 일이
내게 일어난 걸까

2009년 1월

어둠 속에서 부산스러운 소리가 들렸다. 숨을 헐떡였다. 익사하는 느낌이었다. 묵직한 압력이 가슴을 으스러뜨릴 듯 짓눌러서 허파가 제멋대로 쪼그라드는 것 같았다.

「공기, 공기를 마셔야 해! 숨 쉬고 싶어! 나 좀 도와주세요!」

다급한 기계음이 울렸고, 사방에서 놀라 소리치는 소리가 들렸다. 갑자기 쏟아진 빛 때문에 앞이 보이지 않았다. 무언가가 목구멍에 들어 있어서 그것을 빼내려고 버둥거렸지만 양팔이 끈으로 묶여 있어서 움직일 수가 없었다.

여러 사람이 경련하는 내 몸을 붙잡아 누르더니 하얀 복도를 따라 내가 누운 이동침대를 밀면서 놀랄 만큼 빠른 속도로 뛰었다.

"빅토리아, 괜찮아."

그 말을 듣고 또 들었다. 혼란스러웠고, 숨을 쉬어야 한다는 생각뿐이었다. 이윽고 나는 다시 새까만 어둠 속으로 추락했다.

* * *

눈을 뜨니 밝은 빛이 따갑게 쏟아졌고, 끼익하는 시끄러운 소리가 들렸다. 갑자기 몸이 주체할 수 없이 흔들렸다. 따끔따끔한 전류가 훑고 지나가자 몸이 더욱 경련하고 요동쳤다. 낯선 사람들이 소리치며 방으로 들어오는 게 보였다. 경악하는 목소리였다. 그들은 손으로 내 몸을 내리눌렀다.

경련이 잦아들자 상황을 파악해보려고 했다.

「여기가 어디지?」

침대에는 알록달록한 풍선들이 묶여 있었고, 주위로 동물 인형이 잔뜩 있었다. 시야가 흐리다가 점차 초점이 맞자 응원의 메시지가 담긴 엽서며 포스터들이 붙은 벽이 보였는데, '사랑해, 빨리 나아라, 보고 싶어, 힘내'라고 쓰여 있었다.

「어째서 내가 보고 싶다는 거지? 난 지금까지 어디에 있었지? 빨리 나으라고? 힘내라고? 나한테 무슨 일이 생겼나? 괜찮은 것 같은데. 이해가 안 되네. 이게 무슨 일이야? 여기는 병원인가? 왜 병원이지? 얼마나 오래 정신을 잃었던 거야?」

어렴풋이 엄마 목소리가 들렸다. 분명 엄마라면 이게 무슨 영문인지 설명해줄 것이었다.

"엄마, 엄마!"

소리를 질렀지만 엄마는 반응이 없었다.

「엄마! 엄마가 왜 내 소리를 못 듣지? 아무도 내 목소리를 못 듣는 거야?」

곧 몸은 물론이고 눈조차 마음대로 움직일 수 없다는 사실을 깨달았다. 앞이 보였지만 바로 눈앞에 놓인 것만 볼 수 있었다. 앉아보려고 했지만 몸이 내게서 분리된 것 같았다. 움직일 수도, 소리를 낼 수도 없었다.

몸 안에 갇혀버린 것이다.

「이럴 순 없어, 이럴 순 없다고! 도와주세요! 누가 좀 도와주세요!」

심장이 뛰고 머리가 핑핑 돌았다. 상황을 이해해보려고 했지만 의문투성이였다.

「지금이 몇 년도지? 2006년도인 것 같은데 확실하지 않아. 얼마나 여기 있었던 거지?」

제발 오래되지 않았길 바랐다. 무슨 일이 있었던 건지 기억이 흐릿했다.

「나 괜찮을까?」

장담할 수 없었다. 마음을 진정해보려 할수록 상태만 악화됐다. 뭐가 뭔지 알 수 없었고 혼란스러웠다. 누군가가 이게 무슨 일인지 설명해주길 바랐다.

「무서워. 정말로 너무 무서워.」

몸의 근육을 하나도 움직일 수 없었다. 도와달라고 소리치려고 아무리 용을 써도 찍소리도 나지 않았다. 숨을 쉬고 소리를 지르고 말을 하고 싶었다. 묻고 싶은 게 너무 많았다. 내가 어떻게 여기 왔는지도 기억이 안 났다.

「여기서 나가야 해요! 도와주세요! 누가 저 좀 도와주세요!」

폐소공포증이 조여오자, 나는 더욱 겁에 질리기 시작했다. 실성하지 않기 위해, 나를 잠식해버린 이 공포를 누그러뜨리기 위해 무슨 방법을 찾아야 했다.

「빅토리아, 생각해. 어? 잠깐만…… 나 생각할 수 있잖아? 그것도 아주 또렷하게.」

몸은 말을 듣지 않았지만 어찌된 영문인지 머리는 정상적으로 작동하고 있었다. 그것도 완벽히 정상적으로.

「어떻게 이럴 수 있지? 사고 능력, 기억, 지식 다 그대로야. 난 아직 존재해. 난 여전히 나라고.」

내가 제정신이라는 사실만이 나를 안심시켰다. 내가 통제할 수 있는 건 내 정신뿐이었다. 사고 능력이야말로 가장 중요한 기능이었고, 정신을 잃는다는 건 생각만 해도 몸서리치게 두려웠다. 다행히 나는 생각하고 이해할 수 있었다.

「미치지 않았는지 확인해보자. 자, 내 이름은 빅토리아 알렌이야. 아빠 이름은 래리, 엄마 이름은 재클린이고, 형제들 이름은 엘제이, 윌리엄, 캐머런이야. 내 취미는 수영, 춤, 하키야. 난 복슬복슬한 우리 집 강아지 재스민을 정말 좋아해. 제일 좋아하는 색깔은 분홍색이야.」

이제 더 어려운 질문을 던져볼 차례였다.

「2 더하기 2는? 4지. 그럼 4 곱하기 4는? 16이야. 음, 잘했어, 빅토리아. 머리는 괜찮구나. 하나님, 감사합니다.」

나에겐 사고 능력과 기억 능력이 있었다. 내가 보기에 나는 제정신인 것 같았다. 내가 여전히 존재한다는 사실을 되뇌고 또 되뇌었다.

「그런데 어떻게 여기에 왔지?」

아무것도 떠오르지 않았다. 머리가 깨질 듯이 아팠던 것, 구급차에 급하게 실려 갔던 것은 기억났지만, 그 뒤로는 암흑뿐이었다. 나는 살아 있고 생각할 수 있었지만 내가 어떻게 여기 왔는지, 어째서 움직일 수도 말할 수도 없는지는 기억하지 못했다.

기억을 열심히 되살려보려고 했다.

「빅토리아, 생각해. 기억해!」

두통과 경련에 시달리기 이전을 떠올려보면 건강했던 기억
뿐이었다. 나는 언제나 건강했다. 비교적 건강한 우리 가족 중
에서도 제일 건강했다. 미친 듯이 에너지가 흘러넘쳤고, 엄마
가 그만 자라고 하기 전까지 쉴 새 없이 여기저기를 누비고 돌
아다녔다. 모험하고 싶어서 몸이 근질근질했고, 상상력은 멀리
멀리 뻗어 나갔다. 형제들과 뛰어노는 것을 좋아했고, 부모님이
허락하는 스포츠는 죄다 했다. 하고 싶은 것을 모두 하기에 하
루가 너무 짧았다. 그때도 나는 세상에 의미 있는 변화를 만들
고 싶었다.

「어떻게 모든 걸 잃었지? 뭐든지 할 수 있던 소녀가 어떻게
손가락 하나 까딱하지 못하게 되었지?」

계속 머리를 쓰려고 했다. 몸의 근육을 하나도 쓰지 못하니
까 유일하게 작동하는 두뇌라도 써야 했다.

5학년 진학을 앞두었던 여름을 떠올렸다. 그때 나는 열 살
이었다. 왼쪽 귀에 벌레 물린 자국 비슷한 게 생겨서 엄마가 나
를 병원에 데려갔다. 의사는 대수롭지 않게 여겼지만, 곧 귀에
염증이 생겼고 여름 내내 낫지 않았다. 의사는 내가 수영을 해
서 귀에 염증이 생겼다고 했지만, 수년간 수영하면서 한 번도

24

이런 적이 없었기 때문에 납득이 되지 않았다.

그해 가을에는 천식이 생겼다. 그리고 의사가 '독감'이라고 진단한 병과 폐렴을 돌아가며 거듭 앓았다. 한바탕 아플 때는 기절하기 일쑤였다. 1, 2주 정도 상태가 좋다 싶으면 또다시 어떤 병에 걸리는 듯했다.

여전히 학교생활도 체육활동도 잘했지만 어쩐지 엄마 말처럼 뭔가 께름칙했다. 하지만 심각하게 걱정하는 사람은 없었다. 내가 언제나 병을 털고 일어나 정상적인 생활로 돌아갔기 때문이다.

하지만 1년 뒤, 2006년 4월 29일, 나는 털고 일어나지 못했다.

The Will to
Survive and
the Resolve
to Live

2부

Victoria Arlen

나를 나로
만드는 모든 게
사라졌다

"아야!"

오른쪽 옆구리가 칼에 찔리는 느낌이었다. 몸을 일으켜 앉으려고 했지만, 전에 느껴본 적 없는 엄청난 고통이 엄습했다. 침대에서 천천히 일어나 아래층으로 내려갔다.

"엄마, 몸이 이상해요."

엄마는 내가 심한 감기 몸살에 걸린 줄 알고 나를 침대로 데려가 눕혔다. 일요일이었고, 우리는 전날 신나는 디즈니랜드 여행에서 막 돌아온 참이었다. 내 머릿속은 학교에 돌아가 친구들을 만날 생각으로 가득 차 있었다. 나는 5학년이었고 중학교에서의 첫해가 거의 끝나가고 있었다. 방학이 끝나고 학교로 돌아가는 첫날은 언제나 설렜다.

하지만 다음 날 나는 학교 대신에 응급실에 가서 이런저런 검사며 문진을 받아야 했다. 주삿바늘은 무시무시했고, CT 촬영을 위해 마셔야 하는 주스(조영제) 때문에 구역질이 났다. 충수염이 통증의 원인인 것 같았다. 가족력이 있었고, 오른쪽 옆구리가 아팠기 때문이다. 병원에서 하룻밤을 지내도 통증이 누그러지지 않자 의사가 나의 충수돌기를 제거하기로 했다. 부모님과 나는 수술이 통증을 해결해줄 것이라 생각했다. 곧 집에 돌아가서 행복한 일상을 이어갈 줄 알았다.

하지만 수술 상처가 아물 때까지도 통증이 사라지지 않았고, 나는 다시 응급실에 가게 됐다. 이번에는 세계 최고라 알려진 유명 아동병원의 응급실이었다. 집에서 한 시간 떨어진 곳이었다. CT 촬영과 피검사를 했지만, 의사는 수술 후에 겪는 통증이라는 말 외에 시원한 답변을 내놓지 못했다. 그리고 무심하게 나를 퇴원시켰다.

2주가 지나자 옆구리 통증이 더 심해졌다. 일반적인 독감 증세도 나타나기 시작했고, 살도 급격하게 빠졌다. 아무리 먹어도 살이 붙지 않았다. 원래도 날씬한 편이었는데, 살이 빠지니 빼빼 마르게 되었다. 통증이 너무 심해서 정상적인 생활이 거의 불가능했다. 잠을 잘 수도 없었고 침대에서 일어날 기운도 없었다. 건강했던 원래의 나답지 않다. 한 번도 침대에 앓아 누워본 적이 없던 나였다. 학교에 가지도, 운동을 하지도, 친구와 놀지도 못했다. 통증 안에 꼼짝없이 갇힌 죄수 같았고, 통증은 서서히 그러나 확실하게 나의 삶을 지배하기 시작했다.

의사들이 주는 유일한 처방은 다른 의사들을 만나보라는 것뿐이었고, 새로운 의사 역시 강력한 진통제를 처방해주는 것이 전부였다. 진통제를 먹어도 소용이 없었다. 약물 반응 때문에 상태만 악화될 뿐이었다.

통증이 찾아오면서 나는 굉장히 쇠약해졌다. 침대에서 일어나 아래층으로 내려가는 것조차 버거웠다. 계단을 훌쩍 뛰어서 오르내렸는데 이제는 계단 한 칸을 오르는 일이 가파른 산을 오르는 일처럼 느껴졌다. 똑바로 서려면 젖 먹던 힘까지 짜내야 했다.

「오, 안 돼. 이럴 순 없어.」

옆구리 통증이 나빠질 대로 나빠졌다고 생각하던 차에 통증이 퍼지기 시작했다. 이틀 내내 오른발이 저렸다. 걸어보려고 했지만, 오른발은 닻처럼 질질 끌렸다.

엄마는 내가 태어날 때부터 알고 지낸 주치의에게 나를 데려갔다. 그리고 내가 충수돌기 제거 수술을 받은 후에도 심한 옆구리 통증에 시달리고 있고, 살이 많이 빠졌으며, 이제는 걷기조차 힘들어한다고 자초지종을 설명했다. 주치의는 고개를 끄덕이고 말했다.

"글쎄요. 빅토리아는 세쌍둥이잖아요. 관심받고 싶어서 그런 것일 수도 있어요."

주치의는 신경과 전문의를 알려주지도 않은 채 나에게 심리 상담을 권하며 이 일을 '털어버리라'고 끈질기게 말했다. 내가 세쌍둥이인 것이 어떻게 통증을 유발한다는 말인가, 관심받고 싶은 마음은 손톱만큼도 없었다. 오히려 도움을 필요로 하는 처지가 못 견디게 답답했다. 게다가 세싱에 어떤 열한 살짜리 아이가 이런 일을 꾸며낸단 말인가.

누구나 한 번쯤 '그건 네가 머릿속에서 다 만들어낸 거야'라는 말을 들어봤을 것이다. 일반적으로 '강해져라' 혹은 '정신 차려라'라는 말을 완곡하게 표현한 것이다. 전에는 이 표현이 지닌 의미를 진지하게 생각해본 적이 없었다. 그런데 나를 진찰한 의사들은 내가 '관심받고 싶어서 이런 행동을 한다'거나 '자기도 모르겠다'는 것을 돌려 말하려고 심신증*이라는 단어를 들먹였다. 의사들은 나를 믿지 않았다.

나는 이런 말을 듣기 시작했다.

"빅토리아, 네가 느낀다고 생각하는 그 통증은 사실 존재하

● 심리적 증상이 신체적 반응으로 나타나는 현상

지 않는단다. 오른 다리의 반사 신경이 사라졌고 걷기 힘들어진 것은 맞지만, 걱정하지 말거라. 그건 네가 머릿속에서 다 만들어낸 거야. 그냥 털어버려. 그럼 괜찮아질 거다.”

“몸이 아프다고? 넌 세쌍둥이잖니. 관심받고 싶나 보구나. 의학적인 문제는 없어 보인단다. 넌 괜찮아.”

「괜찮지 않다고요. 누가 날 도와줄 순 없을까? 도대체 이게 무슨 영문인지 말해줄 순 없을까? 제발! 제발!」

무언가 잘못된 게 분명한데도 신경을 써주는 의사가 없는 것 같았다. 나는 금세 쇠약해졌다.

「제발! 제발 나 좀 믿어줘요. 나 좀 도와줘요!」

의사들이 나를 저버리고 또 저버리는 것 같았다. 매사추세츠 주에 있는 유명한 아동병원에 다녀온 뒤에는 나에게 ‘미친 사람’이라는 딱지가 붙은 기분이었고, 나를 진지하게 생각해주는 의사가 하나도 없는 것처럼 느껴졌다.

「정말로 아프다고요. 너무 아파요. 왜 내 말을 듣지 않는 거예요? 뭔가가 심각하게 잘못됐어요. 난 미치지 않았어요. 제발 믿어주세요. 나는 미치지 않았다고요.」

그 당시에는 나도, 우리 가족도 몰랐다. 기나긴 오진의 악몽이 이제 막 시작되었음을.

***

6월이 되자 여름이 성큼 다가왔다. 내가 바라는 건 남은 학기를 잘 마무리 짓는 것뿐이었다. 밤마다 낫게 해달라고, 강해지게 해달라고 기도했다. 통증은 받아들일 수 있었다. 통증에 익숙해지고 있었기 때문이다. 하지만 쇠약해진 다리는 받아들이기 힘들었다. 다리를 쓸 수 없게 되자 곧 자립 능력이 사라졌다. 이미 너무 많은 것을 놓치고 있었다.

뜨거운 석탄 위를 걷는 것처럼 발이 불에 덴 듯이 아프기 시작했다. 찌르는 듯한 통증이 다리로 올라왔다. 통증은 매일 조금씩 위로 번졌고 점점 심해졌다. 다리에서 느껴지는 통증과 오른쪽 옆구리에서 느껴지는 통증의 결이 비슷했다. 오른발이 질질 끌렸고, 이제는 두 무릎까지 꺾였다. 서려고 할 때마다 다리에 힘이 풀려 바닥에 쓰러졌다. 하지만 누구의 도움도 받지 않을 작정이었기에 가구와 벽을 붙잡고 똑바로 일어섰다.

「이 또한 지나갈 거야.」

하지만 아니었다. 다리는 더욱 쇠약해졌다. 더는 발가락도 꼼지락할 수 없었고, 통증은 심해지기만 했다.

그러던 어느 날 아침에 느닷없이 통증이 사라졌다. 통증에서 해방된 사실을 기뻐하고 싶었지만, 곧 통증이 사라지며 모든 것을 앗아간 걸 깨달았다. 내 다리는 모든 기능을 상실해 걷기는커녕 아무것도 할 수 없는 다리가 되었다. 나는 뭔가가 정말로 잘못됐다는 것을 알았다.

6월 말이 되자 매사추세츠 주에 있는 두 대형 병원의 의사들은 내 질환을 심리 질환으로 분류했다. 뭐가 문제인지 설명할 수 없으니까 질환을 어떻게든 분류하려고 '심리'라는 딱지를 붙인 것이다.

의사들은 내 상황을 가볍게 여기고 나를 믿지도 도와주지도 않았다. 해답을 찾기 위해서 지푸라기라도 잡는 심정으로 엄마는 나를 코네티컷 주에 있는 대체의학 치료사에게 데려갔다. 그 치료사는 나를 대단히 걱정하며 어딘가로 전화를 걸었다. 어느새 우리는 또 다른 대형 병원으로 향하는 중이었다. 이번에는 뉴욕에 위치한 병원이었다.

처음에 의사들은 진심으로 나를 걱정하며 여러 검사를 진행했다. 하지만 검사를 하고 또 해도 명쾌한 결과가 나오지 않자 고개를 갸우뚱했다. 활동적이고 건강하던 열한 살짜리 소녀가 어쩌다가 이렇게 되었는지 의아해했다.

일주일가량 검사를 진행하고 물리치료를 받아도 차도가 없자, 직위가 높은 의사가 내 방에 들어와서 양손을 들어 올리는 제스처를 하며 말했다.

"모르겠네요."

그 의사는 물리치료를 추가로 처방하고 휠체어를 남긴 채 떠나버렸다.

「휠체어를 타라고? 이건 임시방편이겠지?」

휠체어라면 4학년 때 오토바이 사고로 다리가 부러진 친구가 탔던 휠체어를 본 게 전부였다. 노란색 의자가 정말로 멋진 휠체어였다. 온종일 앉아 있는 기분을 궁금해했던 게 떠올랐다. 당시엔 나도 휠체어를 타게 되고, 아주 오랫동안 이동수단으로 휠체어 신세를 지리라고는 상상도 못 했다.

그제야 다리를 쓸 수 없다는 사실이 피부에 와 닿기 시작했다. 이해할 수도, 받아들일 수도 없는 단절감이었다.

「어째서 걸을 수 없지? 어째서 다리에 아무 감각이 없지? 발가락아, 좀 움직여봐. 제발 움직이라고!」

나는 언제나 활동적이었고, 뛰놀고 춤추는 데 아무 문제가 없었다. 그런데 이제는 발가락을 꼼지락거리는 것조차 하지 못했다. 몇 시간 동안 하염없이 내 발을 쳐다보면서 절박한 심정으로 내 발이 살아 있는 게 맞는지 확인하려 했다. 그러나 시간이 흐를수록 더욱 불안하고 혼란스러워졌다.

* * *

불꽃놀이가 하늘을 환히 밝히자 호수 주변에 있는 사람들
이 환호했다. 독립기념일 주간의 주말이었다. 호숫가에 있는 우
리 집에서 나는 혼란스럽고 슬픈 기분에 빠진 채 휠체어에 앉
아 있었다. 몸이 너무 아파서 휠체어에 앉아만 있어도 진이 빠
졌다. 작년 여름까지만 해도 다 함께 뛰놀며 불꽃놀이를 구경
했다. 그 기억을 생명줄처럼 붙잡았다. 생기와 기쁨이 손끝에서
천천히 빠져나갔다. 나의 세계는 와르르 무너지고 있었다.

「나한테 무슨 일이 일어나고 있는 거지? 원래의 나는 어디
로 가버린 거야? 왜 아무도 나한테 아무 대답을 해주지 않지?
왜 의사들은 나를 안 믿지? 나는 정말로 미친 걸까?」

나는 미치지 않았고 내가 느끼는 통증이 진짜라는 것을 알
았다. 하지만 전문가라는 사람들은 나를 믿지도 돕지도 않았다.
오직 엄마만이 변함없는 희망의 원천이었다. 엄마는 '할 수 있
는 게 아무것도 없다'는 의사들의 말을 용인하지 않았다. 나에
대한 엄마의 믿음 덕분에 미치지 않고 굳세게 버텼다. 그러나
엄마조차 그다음에 펼쳐진 일을 막을 수는 없었다.

불꽃놀이가 있던 주말 이후에 몸의 각 부분이 조금씩 작동
을 멈추기 시작했다. 여러 신체 기능을 제어하는 회로의 스위

치가 하나씩 '딸깍딸깍' 내려가는 듯했다. 가정 내 전기 회로가 전등, 냉장고, 텔레비전 같은 전자 제품을 작동시키는 것처럼, 내 몸을 작동시키는 체내 회로판의 스위치가 차례차례 내려갔다. 각 기능은 수행하기가 점차 어려워지다가 결국 통째로 작동을 멈춰버렸다.

「삼, 삼킬 수가 없어요. 엄마, 음식이 목에 걸렸어요.」

먹는 일이 한 번도 문제된 적이 없었다. 그런데 갑자기 음식을 먹는 게 물리적으로 힘들어졌다. 음식을 삼키려 해도 무언가가 목구멍을 막고 있는 것 같았다. 삼키는 일이 점점 버거워졌다.

「캑! 음식이 안 내려가네. 다시 해보자. 컥, 컥, 컥. 음식이 목에 걸렸어. 한 번만 다시 해보자. 빅토리아, 힘내! 캑! 캑! 숨을 못 쉬겠어. 도와주세요!」

이런 일이 빈번해졌다. 입과 식도 근육이 점점 약해지다가 결국 식도 근육이 더는 움직이지 않았다. 딸깍!

다리와 발가락은 이미 움직일 수 없었고, 이제 팔과 손가락마저 움직이기가 힘들어졌다. 나는 마치 무언가를 잡으려고 버둥거리는 아기 같았다. 어떤 물건이나 장난감을 쥐려고 하지만, 그 작은 팔을 정확한 곳으로 뻗기에는 아직 협응 능력이 부족한 아기 말이다. 하지만 아기는 시도하고 또 시도해서 몸을 움직이는 일이 점점 쉬워지는데 나는 아기와 반대 방향으로 가고 있었다. 물컵을 쥐는 간단한 일도 점점 어려워졌다. 손과 손가락을 움직이고 싶었지만 말을 듣지 않다. 협응 능력이 서서히 사라지다가 결국 손과 손가락을 움직일 수 없게 되었다. 딸깍!

도움이 점점 많이 필요했고, 독립적으로 활동하기가 어려워졌다. 스스로를 돌보기 위해서 가진 힘을 전부 끌어 모았다. 통제력을 잃지 않기 위해, 몸이라는 자동차의 운전사로 남아 있기 위해 고군분투했지만, 통제력을 잃은 이 차는 빙글빙글 돌면서 감당할 수 없는 속도로 질주했다. 매일 아침에 잠에서 깨면, 전날보다 더욱 의존적이 된 나를 발견하는 것이 두려웠다. 결국 자립 능력을 상실했다. 딸깍!

그다음, 가장 두려워한 일이 현실이 되었다. 내가 누구인지, 지금 어디에 있는지, 내 가족이 누구인지와 같은 아주 간단한 사실들을 순간순간 떠올리지 못했다. 마음의 회로가 합선돼서 정신이 들었다 나갔다 하는 것 같았다.

이런 순간이 잦아지면서 점차 말을 하는 게 힘들어졌다. 무슨 말이 하고 싶은데 적합한 단어를 찾지 못하거나 머리와 입이 따로 놀았다. 한순간 우리 엄마가 누구인지 알았다가 다음 순간 알지 못했다. 정신이 왔다 갔다 할 때마다 그 상태에서 빠져나오게 해달라고 빌었다.

「내 이름은 빅토리아 알렌이야. 빅토리아 알렌. 빅토리아 알렌. 내 이름은…… 이름은……? 내 이름이 뭐지? 내 이름! 안돼. 안 돼. 제발, 안 돼! 이러지 마, 제발!」

온전한 정신…… 딸깍!

드물긴 했지만 정신이 온전한 순간에는 적어도 소리 내어 말할 수 있었다. 가족들과 소통하고, 내가 느끼는 것들을 가족들에게 알릴 수 있었다. 그런데 어느 날 '내 말 안 들려요? 여보세요! 목소리! 내 목소리! 목소리가 어디로 간 거야?' 목소리가 완전히 사라졌다. 단어를 말하려고 했지만 억지로 짜낸 무의미한 웅얼거림과 신음만 나왔다.

소통 능력마저 사라졌다. 딸깍!

5학년 미술 시간에 우리는 두 철판을 조이는 죔쇠를 사용해 작품을 제자리에 고정하곤 했다. 죔쇠는 바이킹 영화에서 나올 법한 물건 같았고, 그사이에 끼인 불쌍한 종이가 고통스러워보였다. 그런데 이제 내가 그런 기분이었다. 죔쇠가 머리를 물고 조이는 것 같았고, 머리에 가해지는 압력이 점점 심해져 참을 수 없게 되었다. 두통 때문에 의식을 잃었고, 구역질을 했다. 멎지도 잦아들지도 않는 두통이 뇌를 쥐어짜고 옥죄는 것 같았다. 영원히 계속되는 듯한 두통이었다. 그다음, 모든 게 암흑이었다.

마지막 스위치, 불이 나갔다. 딸깍!

블랙홀 안으로 빨려 들어간 나는 캄캄한 어둠 속에 갇혔지만, 그 사실을 인지조차 못했다. 나는 나 자신, 우리 가족, 내가 알던 모든 것에서 스르르 빠져나갔다. 실체 없는 마음속에 갇혔고, 나와 단절된 몸속에 감금되었다.

친구들이 알던 빅토리아, 우리 가족이 사랑하던 빅토리아는 더는 존재하지 않았다. 불이 모두 꺼졌고, 더는 작동하는 게 없었다. 나를 나로 만드는 모든 게 사라졌다.

1994년 9월 26일, 매사추세츠 주 보스턴에서 래리 알렌과 재클린 알렌 사이에서 태어난 아이, 빅토리아 캐서린 알렌의 존재가…… 지워졌다.

지옥이 시작되었다.

죽음이 코앞까지
다가온 날

2006년 8월

내가 의식을 잃자 부모님은 나를 매사추세츠 주에 있는 유명 아동병원 응급실로 다시 데려갔고 즉시 입원 허가를 받았다. 병원에 머물며 고통스러운 검사들을 또 받았지만 이번에도 역시나 병명을 알아내지 못했다.

며칠 후에 부모님은 병원 회의실로 호출되어 '통증 관리 및 재활시설'에 관한 설명을 들었다. 의사들은 그 시설이 내게 도움이 될 거라고 말했다. 집에 돌아가면 내가 죽을 것이 분명하다고 생각한 부모님은 내게 도움이 된다면 뭐든 하려는 절박한 심정이었기에 의사의 제안에 동의하는 것 외에는 선택지가 없었다.

통증 관리 시설은 그 아동병원에 있는 오래되고 낡아빠진 병동이었다. 기숙사 방처럼 생긴 병실에 하얗게 칠한 벽은 텅 비어 있었다. 처음에 부모님은 이곳이 사실은 눈에 띄지 않는 정신병동이며, 병문안이 제한되고 입원에 동의가 필요하다는 것을 몰랐다.

이 시기에는 의식이 들었다가 나갔다가 했지만, 기억이 상당 부분 남아 있다. 하지만 대체로 너무나 잊고 싶은 기억들이다. 주일 학교에서 천국과 지옥에 대해 배운 적이 있다. 하나님이 사는 아름다운 천국은 사랑과 빛이 가득한 곳으로 그려졌다. 반면에 나쁜 사람들이 가는 지옥은 고통과 화염이 가득한 곳, 끔찍한 일이 일어나는 곳으로 그려졌다. 그런데 이 병동에서 지내보니 지상에도 지옥이 존재한다는 사실을 알게 되었다.

나는 휠체어에 실린 채 병동 내 주거공간으로 옮겨졌다. 내가 어디에 있는지 알 수 없었고 혼란스러웠지만, 부모님이 나를 두고 떠나려 한다는 것을 알 만큼의 의식은 있었다. 부모님은 내게 사랑한다고, 우리는 금방 다시 볼 거라고 말하고 또 말했다. 부모님이 잘 있으라고 말할 때는 비명을 지르며 악을 쓰고 싶었다. 하지만 목소리가 입 밖으로 나올 생각을 안 했다.

「제발 날 여기에 두고 가지 마세요. 제발요!」

부모님이 떠나자 어떤 손이 내 어깨를 거칠게 잡았다. 그리고 신경질적인 남자 목소리가 들렸다.

"네가 그 짓을 관두기 전까지 네 부모는 안 올 거야. 부모를 속인 방법으로 우리는 못 속여."

그 순간, 나는 알았다. 이곳은 치료와 돌봄을 받는 곳이 아니었다.

「저들은 날 도와주지 않을 거야. 내가 미쳤다고 생각하는 거야. 제발, 여기에서 나가게 해줘요. 집에 가게 해줘요. 나는 미치지 않았어요. 정말 미치지 않았어요. 미치지 않았다고요.」

나중에 알게 되었는데, 엄마는 그날 집으로 돌아가는 차 안에서 거의 실성하듯 울었다고 한다. 그리고 집에 도착해서 의사들이 내게 도움이 되리라고 말한 그 시설에 관해 조사하기 시작했다. 그리고 내가 입원한 곳이 '통증 관리 및 재활시설'이 아니라 정신병동임이 금세 드러났다. 즉각 부모님은 나를 그곳에서 꺼낼 방법을 알아보기 시작했다.

「갇혀버렸어. 저들이 날 죽일 거야.」

병동 의료진이 나를 비웃으며 되풀이하던 말이 기억난다.

"우리는 너를 믿지 않아."

"정신 차려!"

"이런, 너를 도와줄 엄마가 지금 여기에 없네. 안 그래?"

그들은 고통을 가함으로써 나를 굴복시켜 정신을 차리게 만들려는 듯했다.

「연기하는 게 아니라고요! 누가 좀 도와주세요. 제발요.」

대다수 간호사와 간호조무사들이 나를 거칠게 대했지만, 그 중 한 명이 특히 심했다. 오십대 중반이었던 그녀는 몸집이 컸고, 큼지막한 안경을 썼으며, 흰머리 섞인 금발을 바가지 모양으로 자른 헤어스타일이었다. 그녀를 F라고 부르자.

아침이면 F는 내게 찬물 샤워를 시켰는데, 내가 윗몸을 가누지 못하고 바닥에 쓰러지면 나를 비웃었다. F는 내가 음식을 삼키지 못하는 것을 보고 연기한다고 생각해 억지로 음식을 먹였다. 그러다가 음식이 목에 걸리면 나는 기침을 하면서 숨을 쉬려고 버둥거렸다. 내가 거의 호흡하지 못하는 지경이 되어야 F는 상황을 수습하면서 한발 물러섰다. 이런 일이 반복적으로 생겼다.

F는 내가 음식을 잘 삼키지 못하자 내가 음식 삼키기를 거부했다며 다른 간호사와 함께 나를 휠체어에 태워 어느 방으로 데려갔다. 그리고 내 코에 비위관을 거칠게 밀어 넣고 강제로 유동식을 먹였다. 그러고는 비위관을 그대로 두지 않고 확 잡아 뺐다. 하루에 세 번, 식사 시간마다 이 과정을 반복했다. 나는 나중에야 비위관을 삽입한 채로 두어도 된다는 사실을 알게 되었다. 엄마가 어째서 비위관을 그냥 두지 않느냐고 묻자, 수간호사는 이렇게 대답했다.

"빅토리아가 다시 음식을 먹게 하려는 거예요. 그러려면 이 과정을 아주 불편하고 불쾌한 경험으로 만드는 수밖에 없어요."

당연히 엄마는 이 말을 듣고 불같이 화를 냈지만 엄마에게는 아무 결정권이 없었다.

나는 혼자 남겨질 때가 많았다. 그래서 용변을 보고 싶으면 혼자 화장실에 가려고 노력했다. 그러나 방광을 제어하지 못하고 바닥에 쓰러진 채 방치될 때가 많았다. 그 상태로 바닥에 오랫동안 남겨진 경우가 빈번했으니, 내가 어떤 꼴이었을지 상상이 될 것이다. 그럴 때면 내가 들었던 '네 스스로 이런 꼴을 만들었다', '네가 머릿속에서 다 만들어낸 거다', '너는 이런 일을 당해도 싸다' 같은 폭언이 나의 존엄을 앗아가고 또 앗아갔다.

「그렇지 않아. 이런 일을 당해도 괜찮은 사람은 없어.」

이미 정신이 굉장히 불안정한 상태였는데 이런 학대까지 당하자 내가 마치 끔찍한 범죄를 저지른 죄인이 된 것 같았다.

「제발 집에 가게 해주세요. 저는 잘못한 게 없어요.」

어째서 사람이 다른 사람을 아프게 하는지 결코 이해할 수 없었다. 어렸을 때도 친구에게 못되게 구는 아이들을 보면 너무 화가 났다. 그래서 밤마다 모든 이가 서로 사랑하고 돕게 해달라고 기도했다.

이곳 간호사와 의사들은 거칠고 잔인한 방법이 내게 도움이 된다고 믿을지 몰라도, 나는 불친절은 결단코 상황을 개선하지 못한다고 생각한다. 설사 내 병이 심리 질환이었다고 하더라도, 어떻게 고통을 가해서 병을 호전시킨다는 말인가? 오히려 모든 치료의 본바탕은 사랑이어야 한다. 정신 질환이든 신체 질환이든, 치료는 어떠한 학대적 성격도 띠지 말아야 한다. 고통을 가해서 고통을 없애지는 못하기 때문이다.

그리고 하나 더, 나의 고통은 내가 머릿속에서 만들어낸 것이 아니었다.

* * *

부모님은 제한된 시간에만 나를 방문할 수 있었고, 하룻밤 자는 것도 허락되지 않았다. 학대는 밤에 가장 심했다. 원래부터 어둠을 두려워했는데, 이곳에서 밤에 대한 공포가 더욱 굳어졌다.

하루하루 지날수록 더욱 약해지고 흐리멍덩해졌다. 의료진이 내 안에 너무 많은 공포를 심어놓아서 더는 다른 사람과 눈을 맞출 수가 없었다. 나는 늘 고개를 푹 숙인 채로 지냈다. 거울에 비친 나를 힐끗 보자 초췌하고, 여위고, 풀 죽은 얼굴이 보였다. 뺨은 움푹 꺼져 있고, 눈은 게슴츠레했다. 그 안에서 춤추

듯 반짝였던 눈빛은 이제 자취를 감추었다.

「저 거울 속 좀비가 나란 말이야? 활력 넘치고 까불거리던 나는 어디로 갔지? 반짝이던 나는 어디로 갔지?」

나의 왼쪽 뺨에는 보조개가 있다. 나는 항상 웃는 표정이어서 언제나 그 보조개가 보이곤 했다. 그런데 이제는 얼굴이 너무 수척해져서 보조개가 보이지 않았다. 미소를 짓거나 이야기할 수 없었고, 고개도 들지 못했다. 나를 보러 온 가족들 얼굴에 비친 공포를 보고 싶지 않아 일부러 눈을 맞추지 않았다.

「힘이 없어.」

맞서 싸우지 못하는 것은 세상에서 가장 끔찍한 기분이었다.

「어째서 나를 여기에 남겨두셨어요?」

나중에야 알았지만, 우리 가족은 나를 그 시설에서 빼내려고 필사적으로 노력했다. 그런데 병원 측으로부터 심리적 돌봄이 필요한 나를 집으로 데려갈 수 없다는 말을 들었다고 했다. 하지만 우리 가족은 나를 빨리 구하지 않으면 내가 죽을 거라는 사실을 본능적으로 알았다. 그래서 나를 퇴원시킬 계획을 짜기 시작했다.

이런 생지옥 한복판에서도 나를 다정하게 보살피며 진정한 선의를 보인 간호사가 있었다. 그녀는 나를 돌봐줬고 두둔해줬다. 그리고 우리 가족이 방문했을 때, 나는 여기에 있을 환자가 아니므로 여기서 빼내야 한다고 일러주었다.

불행히도 이 간호사는 내게 자주 배정되지 않았고, 내게 집착하는 듯한 F만 허구한 날 배정됐다. F는 우리 부모님에게 내가 쇼를 한다고, 부모님이 없을 때는 완벽하게 괜찮다고 주장했다.

나는 매일 살아남으려고 고군분투하고 있었다. F를 비롯한 많은 간호사는 나를 정신 차리게 하려고 끈질기게 시도했다. 그들이 시도한 방법들은 그다지 인간적이지 않았다. 설사 내 원수라도 그들이 내게 저지른 일을 당하게 하고 싶지 않을 정도였다.

「이제 끝이야. 더는 싸우지 말자. 그만두자. 어차피 얼마 못 견딜 거야.」

거의 눈을 뜨고 있을 힘조차 없어지자 점점 포기하고 싶어졌다. 하지만 내 안에 있는 무언가가 끝까지 포기하지 않았다.

「싸워봐. 네 존엄을 되찾아. 아…… 못하겠어. 더는 싸우고 싶지 않아.」

살고 싶은 마음이 간절했지만, 떠나고 싶은 마음은 더 간절했다. 두 세계 사이에 끼인 기분이었다. 그만 애쓰면 어떨까? 어쩌면 그것이 나의 탈출구일 테고, 나는 고통을 뒤로하고 죽을 수 있을 것이다. 마침내 자유로워지는 것이다. 마지막으로

자유를 느껴본 게 언제인지 기억나지 않았다. 통증은 어마어마
했고 너무 괴로워서 죽음이 반갑게 느껴졌다. 통증과 괴로움은
나의 정체성이 되었고 생활이 되었다. 하나님께 자비를 베푸시
어 모든 것을 거두어 가달라고 빌었다.

시설에 있는 어느 밤에는 죽음이 코앞까지 다가온 기분이
들었다. 여느 때처럼 아팠지만 그날 밤은 무언가가 달랐다. 심
장이 마구 뛰었고, 통증이 최악이었으며, 숨 쉬기가 고됐고, 몸
이 경련하기 시작했다. 나는 죽어가고 있었다. 태아처럼 웅크린
몸은 더 이상 버티지 못하고 포기하고 있었다.

「죽는다는 건 이런 느낌이구나.」

병실에 혼자 누워 있었다. 의료진이 문을 잠가놓은 상태였
다. 도와달라고 소리치고 싶지만 숨 쉬기조차 버거웠다. 창밖으
로 시선을 던져 하늘을 보았다. 그리고 마지막 순간이 왔다는
사실을 몸서리치며 깨달았다. 내 몸은 싸울 수 있을 때까지 싸
웠고 이제는 갈 때였다. 통증이 심해지고 호흡이 약해졌다. 뒤
틀리며 경련하는 몸이 금방이라도 터질 것 같았다. 모든 게 일
촉즉발이었다. 엄마가 내게 남겨두고 간 담요만이 유일한 위안
이었다. 내가 아기 때부터 가지고 있던 담요였다. 부드럽고 익
숙한 천의 감촉이 조금 위로가 되었다. 눈을 감자 순간 집에 있
는 것처럼 느껴졌다.

「집에 가고 싶다. 집에 가게 해주세요. 집에 가고 싶어요.」

잠긴 출입문, 휑한 병실, 하얀색 콘크리트 벽, 더러운 천장 타일을 쳐다보자 즉시 현실 감각이 돌아오며 행복한 상상을 깨뜨렸다. 이 상황에서 가장 비참한 점이 무엇인지 깨달았다. 춥고 끔찍한 곳에서 죽는 것도 모자라 홀로 죽는다는 사실이었다. 나를 위로해주거나 붙잡아줄 사람 없이 철저히 혼자서 말이다. 가족들, 친구들, 그리고 내가 뒤에 남긴 삶에 작별을 고할 수 없었다. 다시는 수영을 하거나, 춤을 추거나, 하키를 하거나, 학교에 갈 수도 없었고, 차를 운전하거나 남자친구를 사귈 기회도 없었다. 다시는 삶을 살 수도, 세상을 볼 수도, 웃고 떠들 수도 없었다. 내 왼쪽 뺨의 보조개는 사진이나 동영상 속에 담긴 채 그저 추억으로 남을 것이고, 내 갈색 눈은 영영 잊힐 것이었다.

마지막으로 웃고 떠들었던 때가 언제인지 기억나지 않았다. 의사들은 내가 죽어도 개의치 않을 터였고, 오히려 병동에 한 자리가 생겨 기뻐할 것이었다. 다들 내가 미쳤다고 생각했으니까.

「그들이 원한 게 이거야. 그들이 날 망가뜨렸어. 여기에서 무슨 일이 일어났는지, 의사와 간호사들이 내게 어떤 끔찍한 일을 저질렀는지 아무도 모르겠지. 그 가혹한 말과 행동들을. 내가 얼마나 열심히 싸웠는지, 얼마나 오래 버텼는지도 모를 거야. 나는 진실을 말할 수 없을 거야, 영원히. 그리고 이곳 사람들은 내게 그랬듯 다른 아이들을 계속 아프게 할 거야.」

이쯤 되자 너무 고통스러웠고 상상할 수 있는 최악의 통증을 느꼈다. 이 고통이 끝나기만을 바랐다. 설사 그게 죽는다는 뜻이더라도 말이다. 아무리 애를 써도 울 수가 없었다. 내 안에 정말로 아무것도 남지 않은 것이다. 내 몸도 나도 끝났다.

아픔 없이 자유로워질 순간, 괴로운 세상을 떠날 순간이 코앞으로 다가온 것이 느껴졌다. 죽음이 오랜 친구처럼 반가웠다. 이 순간에 다다르기 전에는 반가운 줄도 몰랐던 친구 말이다.

나는 자유로워질 순간, 고통에서 해방될 순간을 갈망했다. 칼에 찔리는 듯한 고통 없이 호흡하고 웃을 수 있는 순간을 소망했다. 이제는 죽음만이 좋은 선택지처럼 여겨졌다. 나를 둘러싼 세상과 이상은 괴리가 컸고, 이 세상에 더 머물면서 고통에 시달리는 것은 생각만 해도 견디기 힘들었다. 더는 버틸 수 없었다. 전에는 결코 죽거나 포기하고 싶었던 적이 없었다. 오히려 죽는 것이 끔찍하게 두려웠다. 죽음 자체가 두렵다기보다는 모든 사람을 남겨두고 떠나야 하는 것, 삶을 살지 못하는 것, 꿈을 이루지 못하는것이 두려웠다. 하지만 이제는 이 지옥에서 또 하루를 사는 것이 더 두려웠다.

나는 어린 시절부터 꿈이 많았다. 금메달 따기, 연기하기,

TV쇼 호스트 되기, 〈댄싱 위드 더 스타〉*에 나가기 등. 그런데 꿈을 하나도 이루지 못했고, 세상을 바꾸지도 못했다. 이 꿈들을 언젠가 꼭 이루리라고 나 자신에게 약속했지만, 안타깝게도 그런 날은 오지 않을 듯했다. 이곳 간호사와 의사들이 내 꿈을 앗아갔기 때문이다. 그들은 나를 망가뜨리기로 작정했고, 그들이 이겼다.

「더 강하지 못해서 미안해요. 정말로 미안해요.」

꼼짝없이 누워 죽어가면서 나의 이야기가 어떻게 끝나가고 있는지, 얼마나 패배감이 드는지 생각할 수밖에 없었다. 나는 희생양이었고 세상에 그것보다 끔찍한 기분은 없었다. 운동선수에게 패배감보다 싫은 건 없었다. 그런데 인생의 가장 중대한 전투에서 진 것이다.

본래 죽음은 비참하지만, 다른 사람의 행동이나 실수로 죽을 때의 비참함은 차원이 다르다. 고작 열한 살이었지만 내 이야기가 이렇게 끝나선 안 된다는 것을 알았다. 내가 꿈꿨던 삶의 근처에도 가지 못했기 때문이다. 하지만 더는 싸울 수 없다는 것, 미련을 버려야 한다는 것도 알았다. 굳세게 버텼지만, 이제는 정말로 하나님께 맡겨야 할 때였다.

● 전 세계인들의 사랑을 받은 셀러브리티 댄스 쇼

「하나님, 제발 절 도와주세요. 우리 가족에게 사랑한다는 말을 전해주세요. 미안하다는 말도요. 저도 이렇게 끝나는 건 바라지 않았어요. 엄마를 각별히 돌봐주세요. 부모님께 이건 두 분 잘못이 아니라는 것을 알려주세요.」

가족 곁을 떠나야 한다는 생각이 들자 공포가 엄습했다. 세쌍둥이로 태어나면 평생 함께여야 한다는 어떤 약속이 있다. 이 세상에 함께 왔으니 떠날 때도 함께한다는 그런 약속이다. 테디 베어처럼 푸근한 큰오빠 엘제이는 나의 보호자였다. 내가 집에 남자친구를 데려왔더라면 오빠는 그 아이를 심문하다시피 했을 것이다. 그리고 아아, 우리 부모님. 내가 이곳에서 죽는다면, 게다가 이렇게 쓸쓸히 죽는다면, 부모님은 절대로 죄책감을 떨쳐내고 살 수 없을 것이다.

마음속 저 구석에는 내가 진정으로 살아보지 못했다는 생각이 남아 있었다. 죽지 않으려면 내가 가진 모든 것을 동원해야 했다. 하지만 이 지옥을 뒤로하고 떠나겠다는 생각보다 살겠다는 각오가 훨씬 버겁게 느껴졌다. 그래서 지금껏 기도했던 것보다 훨씬 간절하게 기도했다.

「하나님, 제가 사는 이 지옥에서 저를 구해주세요. 저는 죽고 싶지 않아요. 하지만 이곳에서 더는 살 수 없어요. 제발요. 제가 여기서 죽도록 내버려두지 마세요. 저를 살려주세요.」

다시는 눈을 뜨지 못할까 봐 눈을 감기가 무서웠다. 공포가 나를 잠식했다. 나는 물이 차오르는 배의 처지였다. 가라앉지 않으려고 발버둥치지만 곧 끝장날 것을 알았다.

「빅토리아, 일어나! 죽지 마. 겁내지 마. 힘내!」

공포는 포괄적이고 복잡한 감정이다. 얼마나 강렬한 공포가 엄습할지, 무엇이 공포를 유발할지 알 수 없다. 내가 느낀 두려움에 어떤 다양한 요소가 기여했는지 나중에 알게 되겠지만, 근본적으로는 혼자 남겨지는 것, 고통받으면서 아무에게도 말하지 못하는 것, 제대로 살아볼 기회를 얻지 못하고 죽는 것이 두려웠다.

학대당하고 통증에 시달리며 홀로 방치된 채, 이 끔찍한 병원과 병마의 희생양이 되었다. 살고 싶었고 자유롭고 싶었지만, 당장은 불가능한 바람이었다. 그리고 이 지옥에서 살려면 도저히 감당할 수 없는 대가를 치러야 했다.

「더는 싸울 수가 없어요. 죄송해요. 너무너무 죄송해요.」

존엄하게 죽으려고 애썼다. 울지 않고, 두려워하지 않고, 굳세게 견디면서 나 자신에게 열심히 싸웠다는 것을 상기시켜 주려고 했다.

빅토리아에게

정말 잘했어. 넌 즐거운 인생을 살았어. 수학도 이해했고, 성적도 늘 좋았잖아. 게다가 빠르게 수영할 수 있었고, 가족들을 사랑했고, 언제나 당당하게 살았어. 주변을 환히 밝혔던 네 미소는 이제 천국을 환히 밝힐 거야. 열심히 싸웠어. 넌 결코 포기한 게 아니야. 불행히도 이 병과 통증에 맞서 싸우는 건 누구도 상상 못 할 만큼 거대한 전투였어. 그리고 이 병동에서 넌 숫자로 밀렸어. 너보다 훨씬 대단한 무기를 가진 많은 수의 적을 홀로 상대했잖아. 이건 네가 계획한 인생이나 죽음이 아닐 테지만 괜찮아. 계획대로 되지 않는 일도 있는 법이지. 하지만 겁내지 마. 짧은 인생이었지만, 좋은 인생이었어. 진정으로 좋은 인생, 잊힐 수 없는 인생이었어. 날개를 펴고 마침내 자유롭게 날 때야.

하나님, 절 데려가세요.

하나님께

하나님, 제게 아름다운 인생을 주셔서 감사합니다. 하나님의 사랑으로 우리 가족을 감싸주세요. 우리 가족이 살아 숨 쉬는 날까지 그들 위로 제가 빛나게 해주세요. 제가 그렸던 무지개처럼요. 제가 언제나 우리 가족과 함께 있다는 걸 알려주세요. 우리 가족이 저를 소리쳐 부를 때 그들을 잡아주세요. 너무 깊은 슬픔을 가누지 못할 때 그들을 지켜주세요. 그리고 제가 우리 가족을 얼마나 사랑했는지 제발 잊지 않게 해주세요. 제가 형제들의 날개를 떠받치는 바람이 되게 해주시고, 형제들이 당당하고 두려움 없이 살도록 도와주세요.

우리 가족에게

최고로 멋진 11년을 선물해줘서 고맙다는 말부터 하고 싶어요. 우리 가족을 생각하면, 우리가 얼마나 재미있게 살았는지 생각하면 저절로 미소가 나와요. 우리는 호숫가 집이랑 하키 링크에도 가고, 스키도 타고, 댄스파티도 가고, 재미있는 여행과 모험을 실컷 즐겼죠. 우리 가족을 만난 나는 어마어마한 행운아예요. 끝이 이래서 너무 죄송해요. 내가 모두를 얼마나 그리워할지, 한 명 한 명이 내게 얼마나 소중한지 말하고 싶은데 제대로 표현할 수 있는 단어가 없어요. 솔직히 말하면, 우리 가족 덕분에 이렇게 오래 버텼다고 생각해요. 열심히 싸워보려 했어요. 정말로요. 함께 시간을 더 보내고 싶었거든요. 그런데 더는 함께할 수 없어서 미안해요.

윌리엄이랑 캐머런, 엘제이 오빠는 더 바랄 게 없는 최고의 형제들이야. 윌리엄, 하키 하던 네 모습, 너와 했던 길거리 하키, 원숭이 흉내를 내며 함께 나무를 올랐던 일, 전부 그리울 거야. 캐머런, 네가 날 안아주고 항상 웃게 해줬던 것, 나보고 아름답다던 네 칭찬이 그리울 거야.

엘제이 오빠, 나를 보호해주고 돌봐주고 언제나 웃게 해준 오빠가 그리울 거야. 오빠는 든든한 큰오빠이자 최고의 롤모델이었어. 오빠가 날 위해 한 일들을 절대 잊지 않을게. 다들 두려움 없이 담대하게 살아가길 바라. 내가 죽는다고 너무 상심하거나 미소 잃지 않기를. 그리고 아름답고 멋진 인생을 살기를. 어딜 가든 내가 함께한다는 걸, 내가 보이지는 않겠지만 늘 거기 있다는 걸 알게 될 거야. 절대로 곁을 떠나지 않을게.

마지막으로 부모님, 항상 나를 위해 애써주셔서, 또 아름답고 뜨겁게 사랑해주셔서 감사해요. 엄마랑 아빠가 여기 없어서 마음이 아파요. 하지만 날 위해 지금도 싸우고 있고, 앞으로도 싸우실 걸 알고 있어요. 불행히도 이 싸움은 우리 계획대로 되지 않았지만 엄마랑 아빠가 날 위해 할 수 있는 건 전부 했다는 걸 알아요. 이건 두 분 잘못이 아니에요. 내 삶보다 두 분을 더 사랑해요. 엄마 아빠 품에 마구 파고들 수만 있다면 더 바랄 게 없을 것 같아요. 엄마, 엄마의 미소가 그리울 거예요. 가는 곳마다 주변을 환하게 밝히던 그 밝은 에너지도요. 아빠, 아빠의 웃음, 우스운 농담, 나를 '트위티'라고 부르던 것, 전부 그리울 거예요. 어른이 돼서 아빠 손을 잡고 신부 입장을 할 수 없다고 생각하면 너무 슬퍼요. 하지만 난 영원히 아빠의 귀여운 딸이에요. 시간이 더 있었더라면 좋았겠지만, 상황이 계획과 달리 흘러갔고 이런 식으로 죽음을 맞을 거라 예상하지 못했지만, 내가 우리 가족을 몹시 사랑한단 걸 알아주세요. 더 버티지 못해서 정말 미안해요. 나를 위해 담대하게 빛과 사랑으로 가득 찬 삶을 살아주세요. 언제나 지켜볼게요.

「제발, 빨리 끝나게 해주세요. 더는 견딜 수 없어요. 제발!」

너무 두려웠다. 하지만 나는 혼란과 고통 속에서 의미와 평화를 찾아보려고 노력했다.

바로 그때, 성경 구절 하나가 떠올랐다. "내가 네게 명령한 것이 아니냐. 강하고 담대하라. 두려워하지 말며 놀라지 말라. 네가 어디로 가든지 네 하나님 여호와가 너와 함께하느니라 하시니라." (여호수아 1:9, 새 국제판 성경)

「제발 하나님, 저와 함께해주세요. 빨리 끝나게 해주세요. 어서 떠나 자유롭게 날게 해주세요.」

그때 또다시 성경 구절 하나가 떠올랐다. "두려워하지 말라. 내가 너와 함께함이라. 놀라지 말라. 나는 네 하나님이 됨이라. 내가 너를 굳세게 하리라. 참으로 너를 도와주리라. 참으로 나의 의로운 오른손으로 너를 붙들리라." (이사야 41:10, 킴 제임스 성경)

그러자 놀랍게도 공포가 빠르게 사라지며 믿기지 않는 평온과 사랑이 나를 감쌌다. 하나님의 사랑이라고밖에 표현할 수 없었다. 하나님이 나를 붙들고 계시기에 무슨 일이 생기든 괜찮았을 거라는 마음의 안정이 찾아왔다. 내 인생 최악의 순간에도 하나님은 내 곁을 지키셨고, 나를 붙드셨고, 사랑하셨고, 보호하셨다. 겉으로 보기에 나는 혼자였지만, 내 곁에 하나님이 계시기에 사실은 혼자가 아니었다. 마음이 호수처럼 평온해졌다. 떠나든지 머물든지 상관없이 그저 평온했다.

「괜찮을 거야.」

하나님께 감사 기도를 올린 뒤, 천천히 평화롭게 눈을 감으려고 했다.

"빅토리아?"

「뭐지?」

"빅토리아, 일어나. 엄마야."

「엄마? 정말 엄마예요?」

들것을 가져온 의료 보조원 두 명과 함께 엄마가 병실로 뛰어 들어왔다.

"엄마가 널 데리러 왔어. 여기서 빼내 줄게."

엄마가 같은 말을 하고 또 했다.

「내가 죽은 건가? 이건 꿈인가?」

어리둥절했다. 움직일 힘도, 엄마가 한 말을 들었다고 반응할 힘도 없었다. 의료 보조원들은 잽싸게 나를 이동침대에 뉘이고, 이동침대를 시설 밖으로 밀고 가기 시작했다. 텅 빈 벽들과 복도에 서 있는 간호사, 의사들이 보였다. 그녀, 나의 삶을 생지옥으로 만든 바로 그 사람 'F'도 보였다.

부모님과 변호사들은 나를 집에서 더 가까운 정신병원으로 옮긴다는 작전을 짰다. 하지만 사실 나는 집 근처에 있는 일반병원으로 이송되는 중이었다. 상태가 안정되어 집에 갈 수 있을 때까지 의사들이 나를 제대로 치료해주고, 내게 필요한 의료 서비스를 제공해줄 병원이었다. '하하! 이제 어쩔 거예요?'라고 소리치고 싶었지만, 사실 내가 정말로 할 수 있는 말은 '살려주셔서 감사합니다'뿐이었다.

그 시설을 떠나던 날, 하나님이 언제나 우리 기도에 응답하신다는 것을 알게 되었다. 다만 우리가 원하는 때나 우리가 기대하는 방식이 아닐 뿐이다. 하지만 타이밍은 상관없었다. 나는 살았고, 생지옥에서 해방되었기 때문이다. 전투는 끝나지 않았지만, 당장은 나를 사랑하고 내가 낫기를 바라는 사람들 품속에서 나는 안전했다.

주님이
너와 함께 하시리니

2006년 8월부터 2008년 12월까지

어둠.

사전에는 '빛이 없는 상태, 불분명, 지식이나 이해의 결여'라고 정의되어 있다. 이 어둠의 사전적 정의가 2006년 8월 중순부터 2008년 12월 말까지의 시기를 완벽하게 요약해준다. 이때 나는 신체적으로도 정신적으로도 굉장히 쇠약했다. 뇌의 병세가 위중했고, 여러 수준의 의식 상태를 왔다 갔다 했다. 의식이 또렷할 때도 있었지만, 보통 때는 사람들이 유령 같다고 할 만한 상태여서 최고로 단순한 과제나 활동조차 이해하지 못했다. 내가 누구인지, 어디에 있는지, 나와 가장 가까운 사람들이 누구인지 알지 못할 때가 많았다. 정신이 정말로 온전치 못했다. 솔직히 말하면, 이 시기에 관한 기억이 거의 없다시피 하므로 간단히 쓰겠다.

나의 삶과 일과는 단순했다. 해답도 지침도 없었기 때문에 우리 가족은 그날그날 나의 상태를 보고 대처해야 할 때가 많았고, 주어진 상황을 받아들여야 했다. 우리 가족은 나를 위해 싸우는 일도, 해답을 찾는 일도 포기하지 않았고, 조건 없이 나를 사랑했다. 솔직히 가족을 생각하면 가슴이 아프다. 그 당시에 나는 살아 있는 것이 아니라 그저 존재하는 것이었기 때문이다. 그런데도 우리 가족은 나에게 엄청난 사랑과 도움과 친절을 베풀어주었다. 사람들은 '가족이라면 마땅히 그렇게 해야지'라고 생각할 테지만, 모든 가족이 그렇게 하는 건 아니다. 대부분은 지쳐서 나가떨어지고 그런 상황을 감당하지 못한다. 이런 가족이 생각보다 흔하다는 것을 직접 들어 알고 있다.

여전히 뾰족한 수가 없었던 엄마는 딸을 되찾기 위해 여러 치료법을 광범위하게 알아봤다. 엄마는 변함없이 나를 사랑했고 훌륭하게 간호했다. 그 덕에 나는 대부분 시간을 집에서 보낼 수 있게 되었다. 그리 멀지 않은 과거와 비교하면 병의 기세가 다소 주춤해진 시기였기 때문이기도 했다. 우리 가족은 병원을 벗어나 평범한 일상으로 돌아가려고 애썼다.

엄마는 여러 통합 치료사를 수소문했고, 내 몸의 활력을 유지하고 상태를 안정시킬 방법들을 알아봤다. 여전히 의사들은 무엇이 내 질환을 유발하는지 진단하지 못했지만, 통증은 잡을 수 있게 되었다. 사람이 겪을 수 있는 최악의 통증은 신경통인데, 바로 그 신경통이 내 온몸을 잠식하고 있었다. 여러 약물을 다양하게 시도한 끝에 의사들은 약 한 알이면 나를 이렇게 쇠약하게 만든 통증을 제거할 수 있다는 사실을 알아냈다. 아픈 지 거의 9개월이 지나서야 통증에서 해방됐다. 통증을 잡자 우리 가족은 한숨을 돌렸고 나의 삶도 한결 쉬워졌다. 이미 통증 내성 수치가 미친 듯이 높아진 후였지만, 더는 통증을 견디지 않아도 돼서 기뻤다.

「내 통증은 진짜였어. 난 미친 게 아니었어.」

하지만 불행히도 우리가 한숨 돌렸던 이 시기는 오래가지 않았다. 여전히 의사들은 무엇이 잘못되었는지 진단하거나 설명하지 못했다. 우리 가족은 미지를 끌어안고 살면서 나의 상태를 안정적으로 유지하기 위해 최선을 다하는 수밖에 없었다.

나는 내가 누구인지, 어디에 있는지 인지하지 못했다. 십대의 몸을 가진 두 살짜리 아이 같았다. 의식이 돌아왔다가 나갔다가 했기 때문에 다섯 살 때부터 알고 지낸 친구도 낯선 사람처럼 느껴졌고, 우리 가족조차 낯선 사람처럼 느껴질 때가 많았다.

나는 추억과 삶이 깃든 몸을 점유한 완벽한 타인이었다. 기계처럼 살면서 해답을 찾는 동안 이 낯선 몸에 갇혀 있는 꼴이었다.

나는 표류하며 떠다니는 유령이었다. 내가 모르는 세상에서 나와 상관없는 삶을 사는 유령.

여러 검사 결과는 나의 뇌혈관에 염증이 생겼음을 알려주었지만, 어째서 염증이 생겼는지, 어떻게 해야 상태가 악화되지 않을지는 설명해주지 못했다. 나는 시한폭탄이었고 우리 가족은 속수무책이었다.

스트라이크 하나, 스트라이크 둘, 스트라이크 셋, 게임 종료.

1년 반이 지나자 몸이 더욱 작동을 멈췄다. 머리가 깨질 듯한 두통이 갑작스럽게 돌아오며 수수께끼 같은 경련도 함께 왔다. 두통을 앓은 다음에는 벼락을 맞은 듯이 발작했다.

지지지이이익.

"빅토리아, 빅토리아? 지금 느낌이 어때? 엄마한테 말해줄 수 있어?"

"나, 나, 나는……."

사라져버렸다.

끔찍한 과거 경험 때문에 엄마는 나를 병원에 두지 않으려는 절박한 심정으로 최선을 다해 나를 돌보고 간호했다. 하지만 상황이 순식간에 나빠졌고, 우리는 다시 응급실로 뛰어가게

되었다. 두통, 경련을 비롯해 나의 상태는 걷잡을 수 없이 악화
됐다. 즉시 집 근처 병원에 입원해 여러 검사를 받았다. 상태의
심각성을 깨달은 병원이 나를 매사추세츠 주에 있는 대형 병원
으로 서둘러 옮기려고 했다. 하지만 부모님이 나를 그 병원에
재입원시키기를 거부했다.

우리는 남쪽이 아니라 북쪽에 있는 새로운 병원으로 가기
로 했고, 나는 즉시 그곳 병원의 소아청소년과 중환자실에 입
원했다. 몇 분마다 경련이 일어나 심박 수가 치솟았고 호흡 곤
란이 왔다. 의사들은 여러 검사를 진행해보고 싶어 했는데, 그
러려면 내 몸을 잠재워야 했다. 때문에 약물을 사용해 내가 혼
수상태에 빠지게 유도했다.

또다시 어둠이었다.

의식이 있는 채,
몸 안에 갇히다

2009년 1월

「저기요?!」

내 목소리를 들을 수 있는 사람은 없었지만, 내게는 별안간 사람들 목소리가 들렸다.

「저 돌아왔어요.」

아주 오랫동안 정신을 잃은 듯했다. 여러 상황을 종합해본 결과 내린 결론이었다.

「이건 꿈일까? 내 목소리를 듣는 사람이 있을까? 영원히 이 상태에 갇히게 될까?」

끔찍한 경련이 주기적으로 찾아왔다. 혼란스러움에 머리가 지끈거렸지만, 경련에 시달리지 않을 때는 계속 상황을 파악하려고 노력했다. 오늘이 무슨 요일인지, 지금이 몇 월인지, 내가 몇 살인지 궁금했다. 내가 병원에 있다는 건 알았지만 얼마나 오래 있었는지는 몰랐다. 하지만 주변 상황을 살피고, 주의 깊게 귀를 기울인 끝에 조금씩 답을 찾기 시작했다.

「1월이군. 2009년…… 2009년! 내가 열네 살이라는 뜻이잖아. 열네 살…….」

서서히 현실을 깨닫기 시작했다. 2년이, 소중한 성장기의 2년이 흘러가버렸다. 결코 되찾을 수 없는 2년이었다. 필드하키를 하고 수영을 하고 배우고 성장했을 2년이었고, 무엇보다도 삶을 살았을 2년이었다. 아이로서 아이답게 사는 시기 말이다. 그런데 어느 순간 깨어나 보니 청소년이 되어 있었고, 나는 더 이상 어린 소녀가 아니었다. 모든 게 변하는 동안에 의식을 잃어서 그 변화를 지켜보지도, 기억하지도 못했다. 나의 의향이나 의지에 반해 강제로 커버린 기분이었다. 어떻게 내가 깨닫지 못하는 사이에 이 모든 시간이 흘러가 버렸을까?

「난 누구지? 어렴풋이 기억나는 그 작은 소녀는 지금 어떤 사람이 된 거지? 떠나온 삶으로 다시 돌아갈 수 있을까?」

바로 그 순간에 형제들과 부모님이 떠올랐고, 가족의 안부가 궁금했다. 다들 괜찮은지, 이 끔찍한 시련을 제정신으로 버텼는지, 내가 어디에 있든 나를 보러 왔을지 궁금했다.

「돌아갈게요. 약속해요.」

내가 없는 동안 세상에 무슨 일이 생겼는지, 내가 관여하지 않은 채 세월이 흘러가는 동안 내가 잃은 것은 무엇인지 궁금했다.

「친구들은 어디에 있지? 학교는 어떻게 되었을까? 내 외모는 그대로일까?」

***

스멀스멀 올라오는 불안, 공포, 혼란과 싸우며 이 상황을 이해하려 했다. 진정해야 했다. 정신을 가다듬고 긴장을 풀어야 했다.

「기억하자. 나는 여기 존재하고, 살아 있어. 내가 누군지 알고, 나의 삶과 우리 가족을 기억해. 잠깐, 우리 가족은 어디에 있지?」

세 형제 생각부터 났다. 분명 두려워하고 있을 것이었다. 형제들 손을 잡고 나는 괜찮을 거고, 아직 여기에 존재하고, 사라지지 않았다고 이야기하고 싶은 마음이 굴뚝같았다. 그들 곁으로 돌아가기 위해 내가 정말로 열심히 싸우리라는 사실을 알려주고 싶었다.

나는 병실에 있는 내 모습을 볼 수 없었다. 어떤 면에서는 다행인지도 몰랐다. 속이 엉망이어서 겉은 더 엉망일 거라고 짐작했다. 내가 무척 사랑하는 세 사람이 나를 보고 마음이 불편하거나 겁을 먹지 않길 바랐다. 몸에 연결된 관들이 느껴졌다. 형제들이 병문안 와서 보게 될 내 모습이 어떨지는 상상만 할 따름이었다.

아픈 와중에도 벽에 붙은 알록달록한 엽서, 포스티, 사진들이 눈에 들어왔다. 침대 끝에는 나비 모양 풍선이 묶여 있었다. 내가 병원에 있다는 걸 알았지만, 내 병실을 보니 마치 우리 집 같았다.

세 사람은 정말로 나를 보러 왔고, 다들 계속 나를 보러 온 게 확실했다. 나는 세 사람이 이 상황을 각자 어떻게 받아들이는지 점차 보게 되었다. 윌리엄은 예민한 아이였다. 어린 시절부터 나는 윌리엄을 챙기고 돌봤다. 유치원에서 콧물을 닦아주기도 하고, 길거리에서 함께 하키를 하기도 했다. 우리는 언제나 좋은 친구였고, 나는 늘 윌리엄 편이었다. 윌리엄 기분이 언짢을 때면 어김없이 알아차렸고, 어떻게 도와줘야 할지도 알았다.

「윌리엄은 어느 때보다도 내가 필요한데, 도와줄 수가 없어.」

윌리엄은 병문안을 올 때마다 내 몸에 연결된 선들과 관들 사이로 기어들어 와 나를 안아주었다. 윌리엄은 거의 아무 말도 하지 않은 채 침묵했는데, 나는 윌리엄이 심란한 마음을 들키지 않으려 한다는 것을 알았다.

「윌리엄, 괜찮아. 나는 괜찮아질 거야. 우린 다시 길거리 하키를 하게 될 거야. 약속해.」

캐머런은 단도직입적이어서 우리는 시장님이라고 부르곤 했다. 언제나 싱글벙글하고 들떠 있는 멋진 아이다. 캐머런은 느끼는 대로 말해서 캐머런의 기분이 좋은지 나쁜지는 누구나 알 수 있다. 캐머런은 이 시기에조차 굳건하고 낙천적이었다. 좌절감을 느끼는 와중에도 나와 엄마에게 내가 아름답다는 말을 끊임없이 했다. 병문안을 올 때마다 침대 위로 몸을 숙이고 내 머리를 쓰다듬으며 말했다.

"빅토리아가 얼마나 예쁜지 보세요. 정말 아름답지 않아요?"

「내 상태를 표현하자면 '아름답다'는 절대로 적합한 단어가 아닌데. 차라리 '참혹하다'가 낫겠다. 그래도 고마워, 캐머런.」

캐머런은 의연한 척했지만 힘들어할 때도 있었다. 가끔 캐머런은 감자튀김을 많이 먹지 말라고 말려줄 내가 없다면서 눈물을 터뜨렸다. 캐머런은 감자튀김을 좋아했다. 그래서 학교 급식으로 감자튀김이 나오면 나는 캐머런에게 감자튀김은 건강에 좋지 않으니 더 가져다 먹지 말라고 말하곤 했다.

「캐머런, 감자튀김 더 가져다 먹어도 돼. 내가 학교로 돌아가기 전까진 말이야. 나 다시 돌아갈게. 약속해.」

우리 오빠 엘제이도 있었다. 지금쯤 오빠는 대학에 다닐 것이었고, 우리보다 여섯 살이 많으니까 스무 살일 것이었다.

「스무 살. 오빠는 이제 어른이구나.」

엘제이는 내가 태어난 순간부터 나의 보호자이자 든든한 큰오빠였다. 오빠는 우리 세쌍둥이를 똑같이 돌봐주었지만, 유독 내 앞에서만 마음이 약해지는 듯했다. 내가 어렸을 때는 나와 인형 놀이를 해주었고, 무서운 롤러코스터를 함께 타주며 이렇게 말하곤 했다.

"빅토리아, 걱정하지 마. 언제나 오빠가 지켜줄게."

이 여정이 시작되었을 때 오빠는 고작 열일곱 살이었다. 오빠는 하룻밤 사이에 어른이 되어야 했고, 부모님이 나를 돌보는 동안 윌리엄과 캐머런을 돌봐야 했다.

내가 집에서 투병하던 시기에는 한밤중에 갑자기 상태가 나빠지는 경우가 자주 있었는데, 그때마다 부모님은 오빠 방으로 뛰어 들어가 오빠를 깨우며 남동생들을 챙기고 잘 등교시키라고 당부했다. 부모님이 나를 데리고 서둘러 응급실에 가면, 집에 남겨진 오빠는 내가 집에 돌아올지 궁금해했다고 한다. 이런 상황 속에서도 오빠는 학교생활을 열심히 해나갔고, 나와 우리 가족을 위해 잘 버텨주었다. 하지만 그렇지 못한 순간들도 있었다. 어느 날 오빠는 내 침대 끝에 엎드려 서럽게 울면서 엄마에게 물었다.

"빅토리아 죽는 거예요?"

「오빠, 정말로 미안해. 첫째라고 해서 이런 고통을 감내하란 법은 없어. 내가 싸울게. 약속해. 우린 이 시기를 잘 헤쳐 나갈 거야.」

나는 엘제이 오빠가 가장 걱정됐다. 오빠는 혼자서 학교생활을 해내야 했고, 하룻밤 사이에 철이 들어야 했다. 다른 십대처럼 나름의 고민이 있었을 텐데 그런 오빠 곁에는 엄마, 아빠가 자주 부재했다. 두 분은 내 곁에 있었기 때문이다. 나는 오빠를 위해 자주 기도했고, 하나님께 오빠를 보살펴달라고 부탁했다. 그리고 하나님은 나의 기도에 응답하셨다. 오빠에게 리즈라는 여자친구를 보내주신 것이다. 리즈 언니는 오빠가 의지할 수 있는 바위 같은 존재였고, 오빠에게 무척 마음을 쓰며 힘을 실어주었다. 리즈 언니는 오빠뿐만 아니라 우리 가족 모두에게 마음을 썼다. 친절한 리즈 언니가 합세한 덕분에 우리는 다 함께 굳건히 버틸 수 있었다.

「리즈 언니, 고마워. 언니는 나를 잘 모르겠지만 난 언니를 알게 됐어. 고맙다는 말을 아무리 해도 모자라. 오빠를 과잉보호하는 내가 여자친구를 허락하리라고는 생각지도 못했는데.」

형제들은 무척 이타적이고 강인해서 나는 말문이 막히곤

했다(물론 말을 할 수 없는 상태였지만, 이토록 놀라운 세 사람 덕분에 나는 속으로도 말문이 막혔다). 우리 부모님은 당신 자식들을 약하게 키우지 않았지만, 그래도 이 시기를 통과하는 일은 무척 두렵고 끔찍했을 것이다. 다행히 어린 나이에도 형제들은 무척 강인했고, 그 강인함이 내게 힘을 주었다.

「우리 가족이 나를 위해 싸워. 나를 위해 살아. 그러니 나를 믿어.」

우리에게 남은 것이리곤 강인함뿐일 때에야 비로소 우리가 얼마나 강한지 깨달은 것 같다. 우리 가족은 절대 약해지지 않았다. 당연히 지치고 불안하고 내가 없는 미래가 두려웠겠지만, 절대로 내색하지 않았다. 또한 내가 이곳에 함께 있다는 어떤 조짐도 눈치 채지 못했지만, 내가 사라졌다고 생각지 않았다.

「삶은 계속되는구나.」

가장 암울한 시기조차 우리 가족은 넘치는 기쁨과 사랑으로 병실을 가득 채웠다. 내 손발톱에는 언제나 반짝이는 매니큐어가 칠해져 있었고, 윌리엄 덕분에 유행하는 멋진 옷이 마련돼 있었으며, 나는 극진한 간호를 받았다.

「나는 여전히 나야. 조금 다른 모습인 거지. 하지만 이렇게 존재하고 살아 있어. 그리고 가족과 함께 있어. 가족이 나를 사랑하고 나도 가족을 사랑해. 사랑은 모든 것을 이겨.」

78

우리 가족이 나를 헌신적이고 열정적으로 사랑한다는 것을 알고 불안과 공포가 잠시 누그러졌다. 나는 사라지지 않았고 의식이 돌아왔으며 뇌가 제 기능을 했다. 그 사실을 받아들이고 그런대로 살 수 있었다. 아무도 내가 여기 존재하는 것을 모르지만 적어도 나는 알았으며, 우리 가족은 나를 떠나거나 포기하지 않을 것이었다.

「이건 투쟁이고 끝나려면 멀었어.」

우리 가족의 흔들리지 않는 희망과는 대조적으로 의사, 간호사, 전문가들은 언제나 침울한 표정으로 내 병실에 들어왔다. 의료진은 암울한 이야기를 전했고, 나의 미래를 그리 밝게 보지 않았다. 그들이 우리 가족에게 하는 말이 들렸다.

"너무 늦었습니다."

"병원에서 손쓸 수 있는 일이 없습니다."

"깨어나지 못할 가능성이 높습니다."

"죽음에 대비하셔야 합니다."

"목숨을 건지더라도 걷거나, 말하거나, 먹거나, 움직이지 못할 겁니다. 또 지속적인 간호가 필요할 겁니다."

의료진은 내가 대화를 전부 들을 수 있다는 사실을 몰랐다.

「나 아직 여기 있어요! 여기 있다고요. 너무 두려워요. 죽고 싶지 않아요. 제발 나를 죽게 두지 마세요. 아직 제대로 살아보지도 못했다고요.」

　힘들 때면 나는 세상에서 제일 좋아하는 장소인 위니페소키 호수로 갔다. 그리고 호수에서도 최고로 좋아하는 곳으로 갔다. 호수에서 가장 넓은 영역을 차지하고 있는 호소(湖沼)라는 곳이었다. 숨이 막힐 듯 경치가 아름답고 햇살이 비쳐 수면이 반짝였다. 멀리 떨어진 거대한 산들이 호수를 굽어보았다. 불어오는 바람에 머리카락이 얼굴을 간지럽혔다. 우리 가족은 배를 타고 있었다. 우리는 행복했고, 즐겁게 웃었다. 그리 오래되지 않은 과거의 우리 모습이었다. 짧지만 엄청나게 강렬한 그 순간 모든 게 완벽했고 나는 괜찮았다.

　이런 몽상은 나의 피난처이자 생명선이 되었다. 내가 갇힌 이 고통스러운 감옥의 바깥에 쟁취해낼 만한 삶이 있다는 것을 잊지 않게 해주었다. 매일매일 다른 몽상을 했다. 극한 스포츠 경기의 리포터나 영화배우가 되기도 했고, 서부에서 스키를 타기도 했고, 병실에서 멀리 벗어나 빠르게 뛰기도 했다. 어떤 날은 내가 제일 좋아하는 텔레비전 프로그램인 〈댄싱 위드 더 스타〉에서 춤을 추기도 했다. 반짝이는 의상, 높은 구두, 다양한 춤 동작을 머릿속에 그렸다. 또, 머릿속으로 영화 대본을 쓰면서 관심을 딴 데로 돌려줄 이야기와 캐릭터를 창조했다. 이 병원 침상을 벗어나 내가 살고 싶은 삶을 준비했다.

고통에 집중하는 대신에 살아서 언젠가 특별한 사람이 되겠다는 다짐에 집중했다. 언젠가 이 모든 일을 할 수 있을 거라는 생각만 했다. 이 상황에서 버티려면 나를 기다리는 흥미진진한 모험과 삶을 계속 상상해야 했다. 끔찍하게 아픈 경련과 내 몸을 난폭하게 점령한 편두통을 견뎌내면, 언젠가 고통에서 해방되어 내가 그린 멋진 삶을 살게 될 거라고 믿었다.

「계속 꿈을 꿔. 계속 믿어.」

순식간에 등골을 오싹하게 만드는 부정적인 생각에 빠지지 않으려고 나는 감사한 것들로 마음을 가득 채우기로 했다.

아마도 당신은 '감사할 일이 뭐가 있다는 거지?'라고 생각할 것이다. 삶이 완전히 산산조각 났고, 나는 내 몸에 갇혀 누워 있는 신세였다. 그리고 매일 고군분투하며 포기하고 싶은 마음과 끊임없이 싸워야 했다. 의료진들로부터 수시로 절망적인 예후를 들었다. 그런데도 수많은 것에 감사함을 느꼈다. 사색할 수 있을 만큼 정신이 제대로 작동한다는 단순한 사실부터 생각할수록 감사한 목록이 늘어갔다.

「죽지 않았잖아? 정말 크나큰 승리를 거둔 거지!」

죽지 않았음에 감사하는 것이 마치 감사한 일을 억지로 짜내는 것처럼 보일 수 있고, 그게 사실일 수도 있지만, 그래도 이것이 시작점이었다. 죽지 않았다는 것은 좋은 시작점이었으며 가장 감사한 일 가운데 하나였다.

그리고 간소한 병실이 어떻게 임시 보금자리로 탈바꿈했는지도 생각했다. 내 상태가 안정적일 때는 부모님이 집을 병원으로 꾸몄다. 내가 병원에 있든 집에 있든, 그곳에는 사랑이 흘러넘쳤다. 이토록 근사하고 헌신적인 가족이 밤이고 낮이고 내 곁을 지켰고, 정성을 다해 나의 모든 필요를 충족시켜주었다.

하지만 현실이 내 뺨을 갈길 때도 있어서 감사하기가 정말로 힘들 때도 있었다. 나는 내 몸 안에 갇힌 죄수였다. 모든 신체 부위와 단절된 느낌이었고 내 몸이 내 몸 같지 않았다. 손가락을 까닥하려고 했지만, 아무 일도 일어나지 않았다. 눈을 움직여 창밖을 보려 했지만, 아무 일도 일어나지 않았다. 똑바로 앞을 볼 수밖에 없었다. 눈동자를 전혀 제어할 수 없었고, 시야가 왜곡될 때가 많았다. 입을 열어 소리를 지르려고 했지만, 역시나 아무 일도 일어나지 않았다. 게다가 끊임없이 감전당하는 기분이었다. 나중에 알게 되었는데, 몸을 움직이지 않아 생긴 잘못된 신경 자극 때문에 나의 신경계, 척수, 두뇌는 그야말로 전쟁터였다.

「호흡해. 그냥 호흡해. 갈 곳을 찾아. 호수로 가자. 잊어, 한순간만이라도 그냥 잊어버려. 호흡해. 아픈 걸 알지만 호흡해!」

하지만 발작이 시작되면 호흡할 수가 없었다. 몸에 경련이 일어나 기계들에서 삐삐 소리가 났다. 벼락에 맞은 것 같았다. 기절이라도 해서 이 고문에서 도망치고 싶었지만, 내가 할 수 있는 일은 통증을 견디는 것뿐이었다. 발작이 잦아들면 심장이 고동쳤고 머리가 핑핑 돌았다. 내 몸이 내게 맞서 맹렬하게 싸웠다. 그 싸움은 지독하고, 잔인하고, 끔찍하게 반복되었다. 나를 물속으로 계속 끌어당기는 힘 때문에 결코 수면 위로 떠오를 수가 없었다.

「어떻게 이렇게 살 수 있지? 어떻게 이 감옥에서 나올 수 있지? 기적이 필요해. 제발 하나님, 기적이 필요해요!」

그럼에도 불구하고,
나는 살아야겠다

2009년 9월부터 11월까지

내가 아직 여기 존재한다는 사실을 주변 사람들에게 알릴 뭔가를 해야 했다. 하지만 사정없이 이어지는 발작에 어떤 신호를 보낼 틈이 없었다. 시간이 지날수록 살고자 하는 강한 의지도 점점 꺼져가고 있었다.

「더 나빠질 수도 없을 만큼 안 좋은 상황이야.」

9월 26일, 나의 열다섯 번째 생일날이었다. 우리 가족은 풍선과 카드로 내 방을 꾸몄고, 생일 축하 노래도 불렀다. 하지만 행복한 생일과는 거리가 먼 날이었다. 모두 풀이 죽고 지쳐 있는 게 느껴졌다. 우리 가족이 마지막으로 행복한 생일을 보낸 지도 거의 4년이 지났다.

「다음 생일까지 살 수 있을까?」

아직 나는 위중한 상태였고 계속 발작에 시달렸지만, 부모님은 내가 살아 있길 바랐다. 의사들은 자신들이 할 수 있는 모든 걸 했다. 그들은 내가 회복할 거라는 희망을 별로 품지 않았다. 전반적 분위기는 '가망 없음'이었다. 우리 가족은 강했지만 지쳐갔다. 나도 노력하는 일에 지쳐갔고 아픈 게 지긋지긋했다. 내가 우리 집 거실에 마련한 간이병실에 있다는 사실을 제외하면 희망을 가질 이유가 별로 없었다. 내게 생일은 또다시 갇혀 지내며 나 없이 돌아가는 세상을 구경만 해야 하는 1년처럼 여겨졌다.

하지만 열다섯 번째 생일날, 희망의 불씨를 다시 지펴줄 사람이 찾아왔다.

"곧 회복할 겁니다."

바쇼버라 신부Father Bashobora가 말했다. 주변 대화를 듣던 나는 세계 곳곳의 많은 사람이 나를 위해 기도하고 있고, 나의 절망적인 상황이 널리 퍼진 사실을 알게 되었다. 우리 지역 교회의 한 여성 신도가 내 사연을 바쇼버라 신부에게 전했다. 신부는 영적 치유사로서 우리 지역 교회에서 설교하고 사람들을 치료하려고 이곳에 와 있었다. 전 세계 수천 명의 사람을 낫게 한 신부는 내 사연을 듣고는 내가 교회에 올 수 있는지 물었다. 그 여성 신도가 자초지종을 설명하며 내가 병상을 떠날 수 있을 만큼 안정적인 상태가 아니라고 말하자, 신부가 우리 집을 직접 방문하기로 했다.

바쇼버라 신부는 보통 집으로 방문하지 않지만, 내 열다섯 번째 생일날에는 우리 집에 와서 기도해주었다. 이 시기에는 발작이 2분에서 5분 간격으로 찾아와서 경련이 일었다가 멎었다가를 반복하는 바람에 바쇼버라 신부가 하는 말을 다 들을 순 없었다. 하지만 나는 엄청난 사랑과 빛을 느꼈고, 이게 하나님의 선물임을 알았다. 신부는 이렇게 말했다.

"때가 되면 회복할 겁니다."

나와 우리 가족이 아주 오랫동안 듣지 못했던 희망의 메시지였다. 신부를 제외한 모든 사람은 슬픔을 표하며 유감스럽다고 말했고, 실현되지 않을 희망을 줄까봐 두려워했다. 우리에게 필요한 건 기적이었고 한줄기 희망이었다.

신부가 방문한 지 얼마 되지 않아 내 건강은 급속하게 나빠졌고 발작은 더욱 심해졌다. 집에서 간병하기 어려운 상태가 되자 부모님은 나를 다시 새로운 병원으로 데려가 입원시켰다. 새로운 병원의 의사들은 어떻게 할 도리가 없자 또다시 내가 '미쳤다'는 타령을 하기 시작했다. 그 말에 나도 좌절했지만 부모님이 느낀 좌절감은 상상을 초월했고, 우리는 또다시 전투를 치르게 되었다. 비정상적인 스캔 결과와 아주 명백한 신경 결락 증상에도 불구하고 소위 전문가라는 사람들이 나를 미친 사람 취급했다. 의사들은 환자를 어떻게 도와야 할지, 무엇이 문제인지 도통 알 수 없으면 환자를 미친 사람 취급하는 듯했다. 불행히도 미친 사람이라는 딱지는 어디든지 나를 따라다녔다. 정말로 어디든 가리지 않았다.

「그냥 집에 가고 싶어. 이제 병원은 싫어. 제발.」

병원에 장기 입원해 있으면서 마침내 '횡단척수염'을 진단받았다. 횡단척수염은 신경 질환으로 척수에 염증과 손상을 일으킨다. 그리고 신경세포가 손상되면 우리 몸은 다른 신체 부위에 신호를 보낼 수 없다.

상태가 위중하다 보니 새로운 의료진은 나를 재활시설에 입원시켜 지속적인 간호를 받게 하자고 했다. 엄마는 지쳐 있었고, 의료진은 엄마에게 휴식을 취하라고 권했다. 발작 증세는 호전되지 않았고 걷잡을 수 없이 심해지기만 했다.

나는 가망이 없었고, 더는 손쓸 도리가 없었다. 그렇게 나는 뉴햄프셔에 있는 재활시설로 보내졌다. 이 여정의 초기에 내가 치료받았던 곳이었다. 첫 경험이 긍정적이었으니 이번에도 괜찮으리라 확신했다.

그런데 늦가을, 그곳에 도착한 순간부터 느낌이 싸했다. 무서운 느낌이 들었고, 공포가 엄습했다.

「왠지 느낌이 이상해. 제발 나를 여기 남겨두지 마세요.」

간호사들은 엄마에게 간병은 맡기고 가서 쉬라고 재촉했다. 하지만 엄마는 가지 않고 머물며 간호사, 의사, 치료사들을 만났다. 엄마와 대화를 나누는 그들은 성격 좋고 다정해 보였다. 하지만 그들이 어찌나 엄마를 길 건너편에 있는 환자 가족용 숙소로 보내려고 압박하는지 기분이 언짢았다. 나는 다른 환자와 병실을 나눠 썼는데, 그들은 그걸 구실로 엄마가 내 병실에 머물 수 없다고 말했다. 최근에 내가 병원에 입원해 있는 동안 완벽히 무방비 상태였기 때문에 엄마는 절대로 내 곁을 떠나지 않았다. 엄마는 나의 목소리이자 대변자였다.

「엄마, 어디에 갔어요?」

첫날 밤, 잠에서 깼는데 엄마가 없었다. 잠들 때는 내 옆에 있었는데, 병원 부지 내에 있는 환자 가족용 숙소로 쉬러 간 것 같았다. 공황이 밀려왔다.

「안 돼. 이럴 순 없어!」

엄마가 몹시 지쳤고, 엄마에게 재정비하고 잠잘 시간이 필요하다는 건 알았다. 엄마의 행동이 이해됐지만, 한편으로는 나를 혼자 남겨둬서 화가 났다. 당시에는 의사와 간호사들의 제지 때문에 엄마가 내 곁에 24시간 머물 수 없었다는 사실을 몰랐다. 내 곁을 잠시 떠나 있는 동안에도 내게 도움이 될 만한 일을 뭐든 했다는 사실도 몰랐다. 엄마는 독창적인 치료법을 가진 치료사들을 만났고, 내가 건강해질 방법을 궁리했고, 도움을 찾아 어디든 뒤졌다. 다만 문제는 내가 그걸 몰랐다는 것이다. 그래서 나는 감사해야 할 때 분노했다. 가끔 그런 순간들 때문에 우리 삶에 말도 안 되는 상황이 펼쳐지는 것 같다. 완전한 지옥 속에 홀로 남겨졌다고 생각했는데, 나를 떠난 줄 알았던 사랑하는 이들이 실은 나를 도우려고 최선을 다해 싸우고 있는 것이다. 바로 우리 엄마가 그렇게 하고 있었다. 내가 나을 수 있도록 싸우고 있었다.

그러나 엄마가 자리를 비우자 간호사, 간호조무사, 치료사들은 금세 나를 무시하고, 공격하고, 괴롭혔다. 나를 조롱하며 (그들이 퍼부은 욕을 몇 개만 나열하자면) '미쳤다', '자리만 차지한다', '아이처럼 운다', '건강염려증이다', '멍청하다', '못생겼다', '쓸모없다'고 말했다(아이들도 이 책을 읽기를 바라는 마음에 차마 적을 수 없는 욕이 몇 개 있다). 그들은 나를 때리고, 내 몸을 함부로 다루고, 내 면전에 대고 비하적인 말을 하면서 괴롭혔다. 아파서 몸부림치고 싶었지만, 내가 발작했기에 그들은 내 팔을 묶어 두었다. 그런데 팔을 너무 세게 묶는 바람에 손가락에 감각이 사라지고 피가 통하지 않았다.

「도와주세요, 누가 저 좀 도와주세요! 제발요!」

그토록 소리를 지르고 싶었던 적이 없었다. 우리 가족이 병문안 오면 간호사와 간호조무사들은 재빨리 태도를 바꿔 친절하고 다정하게 굴면서 내가 잘 버티고 있다고 말했다. 속으로 나는 최대한 목청껏 소리를 질렀다.

「도와주세요! 거짓말이에요! 저 사람들 말 듣지 마세요! 제발요!」

신체적, 언어적 학대에 더해 나는 방치되기까지 했다. 간호사들이 나의 소변욕을 해소해주지 않고 간과할 때가 많아서 방광이 터질 것 같았다. 영양 공급 펌프를 이상한 구멍에 꽂아서 위경련이 나고 미친 듯이 구토한 적도 있었다. 그때도 간호사들은 나를 씻기고 돕는 대신에 구토 위에 나를 방치했다.

엄마는 매일 나를 보러 왔지만 무슨 일이 일어나고 있는지 전혀 눈치 채지 못했다. 엄마가 있으면 간호사, 간호조무사, 치료사들이 행실을 똑바로 했기 때문이다. 보통은 늦은 오후, 가끔은 낮에 엄마가 가면 다시 지옥이 시작됐다. 내게 좌절감은 익숙했지만 엄마를 향한 분노는 새로웠다. 엄마에게 소리치고 싶었다.

「나를 어째서 여기에 남겨두셨어요? 저 사람들이 내게 무슨 짓을 하는지 모르겠어요?」

전에 있었던 위장시설의 F를 제외하면 누구에게도 진실로 분노해본 적이 없었다. 그러므로 세상에서 제일 사랑하는 사람, 우리 엄마에게 내가 분노하리라곤 상상도 못 했다. 하지만 내 처지도, 학대 받는 일도 지긋지긋해서 속으로 엄마에게 화를 퍼부었다. 엄마는 엄마에게 너무도 필요했던 잠을 잔 것 말고는 잘못한 게 없었다. 엄마가 가고 싶어서 간 것도 아니었다. 엄마는 나와 있고 싶어 했지만 간호사들이 제지했다. 하지만 차곡차곡 쌓인 좌절감이 마침내 끓어올라 분노가 되었다.

「끝이야. 다 끝이야.」

나는 화가 나서 포기하기 시작했다. 미래에 있을 일들을 더는 상상하지 않았고 감사를 느낄 기운도 없었다. 대신에 내가 희생자 같다고 느꼈는데, 그건 존엄이 짓밟히고 속수무책으로 당하는 끔찍한 기분이었다. 당하고 또 당하는데 반격할 수도 없고 이 상황을 알릴 수도 없었다.

가혹한 학대를 견디면서 속으로 하나님께 소리쳤다. 내게 신앙은 언제나 피난처였지만 더는 죽음과 싸울 믿음이 생기지 않았다. 모든 게 싫었고 특히 하나님께 화가 났다.

「어떻게 이런 일이 되풀이되는 걸 두고 보실 수 있나요? 제발 이것 좀 멈춰주세요! 제 기도를 듣기나 하세요? 저를 왜 버리셨어요?」

이런 분노는 내 마음을 어지럽히고 용기를 꺾으면서도 절망감과 죽음에 대한 갈망을 부추겼다.

「더는 못 견디겠어. 끝이야. 안녕. 이제 갈래.」

하루하루가 흐리멍덩하게 흘러갔다. 병문안 온 가족은 내 뺨 위로 눈물이 줄줄 흘러내리자 의아해했다. 간호사들은 터무니없는 변명을 둘러대며 내가 이러는 까닭을 설명했고 우리 가족을 속였다. 가족을 쳐다보고 싶지도 않았다. 가족들 잘못이 아닌데 그래도 화가 났다.

「제발 가세요. 제발요. 아무도 보고 싶지 않아요. 날 내버려 두세요.」

가족에게 화가 난 상태였지만 그래도 가족을 보면 모든 걸 내려놓고 떠나기가 힘들었다. 우리 가족의 사랑과 투지가 날 떠나지도 머무르지도 못하게 했다.

세상과 가족에게 점차 정을 뗐다. 속으로 죽을 준비를 하면서 사랑하는 이들을 뒤로하고 세상을 떠나려 했다. 더는 이 짓을 계속할 수 없었다. 고통 없이 금방 죽게 해달라고 기도했지만, 지금도 얼마나 아픈지를 생각하면 편안하게 죽을 가능성은 적었다. 눈을 감을 때마다 다시 깨지 않게 해달라고 빌었다. 자비로운 하나님이 내가 갇혀 있는 이 지옥에서 날 꺼내주기를 빌었다.

「저를 데려가 주세요. 제발요.」

아프기 시작한 이후로 잠을 잘 자지 못했다. 밤은 내 편이 아니었다. 지겨운 발작이 간절한 휴식을 앗아갔다. 완전히 탈진해서 기절할 때만 겨우 쉴 수 있었다. 하지만 정신이 돌아오면 내가 아직도 여기 갇혀 있다는 사실을 깨닫고 맥이 풀렸다.

그런데 어느 날 밤, 죽게 해달라는 나의 기도를 누군가가 들어줄 작정인 듯했다.

그날 밤, 나는 심한 발작 때문에 갑작스레 잠에서 깼다. 극심한 통증과 격렬한 경련이 몸을 점령했다. 그러다 발작이 잦아들었고, 얼이 빠진 나는 현실에서 도피하기 위해 다시 잠들려고 애썼다. 눈을 감고 졸면서 기도했다.

「그냥 떠나게 해주세요. 하나님, 자비를 베푸시어 이 상황을 당장 끝내주세요. 제발요.」

그때 불현듯 병실 맞은편에서 삐거덕거리는 소리가 들렸다. 상황을 파악할 새도 없이 내 목을 움켜잡는 두 손이 느껴졌다. 수수께끼 같은 손이 내 목을 꽉 잡고 흔들며 세게 짓눌렀다. 머리가 앞뒤로 흔들리며 흉부에서 공기가 서서히 빠져나갔고 금방이라도 익사할 것 같은 기분이 들었다. 가슴이 산소를 갈구하며 몸부림쳤다. 소리를 지르려 했지만 소용없었다.

「도⋯와⋯주⋯세⋯요⋯⋯.」

움직이고 싶었지만 꼼짝할 수 없었다. 내 목을 움켜잡은 손을 떼려고 했지만 나는 내 몸에 갇힌 신세였다. 의식을 잃지 않으려고 애쓰는데 눈알이 금방이라도 튀어나올 것 같았다. 그때, 분노로 가득 차 속삭이는 여자의 목소리가 들렸다.

"네년을 죽여버릴 거야."

뭔가에 홀려 주문을 외는 사람처럼 그녀는 이 말을 하고 또 했다.

「저 여자가 날 죽일 거야.」

그녀의 손아귀에 힘이 들어가며 속삭임도 점점 크게 울렸다. 잠시 전까지 죽음을 바라던 나는 이제 어떻게든 이 강력한 손아귀에서 놓이기만을 바랐다. 심장이 고동쳤고 몸이 산소를 갈구하며 비틀리고 경련했다.

「공기! 공기 좀!」

더는 못 견디겠다고 생각하던 찰나에 묘한 평온감이 가득 퍼졌다. 저항을 멈추고 죽음을 맞이할 준비를 하자 몸에 긴장이 풀어졌다. 완벽하게 평화로웠다.

「그래. 제발 끝내. 더는 못하겠어. 나를 해방시켜줘. 이 모든 것에서 자유롭게 해줘. 어차피 나에겐 아무것도 남지 않았어.」

몇 년 전에 만났던 친구처럼 죽음이 반갑게 느껴졌다. 나는 할 만큼 했고 내가 오랫동안 올린 기도에 대한 응답이 이거라는 생각밖에 들지 않았다. 언제라도 해방될 준비가 되었고 죽음만이 유일한 해방구인 듯했다. 삶은 감옥이었고 죽음은 내가 3년 반 정도 갇혀 있었던 감옥에서의 해방이었다.

위장시설에 있던 때는 죽고 싶은 마음과 싸웠는데 이제는 그럴 투지가 남아 있지 않았다. 이 모든 통증과 괴로움과 나 자신을 지킬 수 없다는 무력함이 마침내 나를 잠식한 것이다. 이번만큼은 내 마음대로 할 수 있었고 나는 모든 걸 끝낼 준비가 되었다. 무척이나 괴로운 지금 이 순간에 나는 혼자였고, 고통에 시달리는 게 지긋지긋했으며, 겁도 나지 않았다. 가족에게는 이미 작별 인사를 고한 것 같았다. 더는 싸우고 싶지도, 살고 싶지도 않았다.

그저…… 숨 쉬고 싶었다.

갑자기 내 목을 움켜쥔 손아귀가 느슨해졌다. 나는 난생처음 숨을 쉬어보는 사람처럼 헐떡였다. 몸이 진정되면서 눈이 번쩍 뜨였고 나를 거의 죽일 뻔한 사람이 힐끗 보였다. 그녀는 기이할 만큼 헝겊 인형을 닮았지만, 그보다는 훨씬 험악한 인상이었다. 그리고 내가 제일 좋아하는 양 갈래 땋은 머리를 하고 있었다. 내가 무척 좋아하는 머리를 한 사람이 나를 죽이려 할 줄은 상상도 못 했다.

눈 깜짝할 새에 그녀는 사라졌다.

나는 그녀가 어째서 내 목을 졸랐는지, 어째서 목을 조르다

말고 갔는지 결코 알 수 없을 것이다. 하지만 중요한 교훈을 얻게 되었다. 믿을 사람은 아무도 없다는 것이다.

내겐 가족과 나를 사랑해주는 사람들이 있지만 그래도 이건 사는 게 아니었다. 이렇게 살면서 생일, 크리스마스, 십대를 보낼 순 없었다. 마침내 깨달았다. 나는 세상이 나 없이 돌아가는 걸 지켜보고 있던 것이다. 사람들은 나이 들며 나를 잊어가고 있었다. 병원 침상에 누워 죽어가고 있는 나를 잊어가고 있었다. 이 감옥이 내 삶을 갉아먹었고, 나는 삶이란 어떤 것인지 잊고 있었다. 나도 재미있게 살던 때가 있었고 자유롭던 때가 있었다. 그런데 지금은 나를 잃고 있었다.

「나는 누구지? 나는 뭐지? 빅토리아, 너 어디로 사라졌어?」

나는 절망의 심연으로 점점 깊이 가라앉았다. 수면 위로 올라가려고 발버둥 쳤지만 무언가가 나를 계속 밑으로 잡아당겼다. 파도가 거세서 헤엄칠 수가 없었다. 수면 위로 올라가지 못한 나는 익사하고 있었다. 몽상도 옅어졌다. 좋아하는 호수로 떠나는 상상을 하지 않게 된 지도 오래되었다.

나는 삶에서 죽음으로 넘어가는 틈 사이에 끼어 있었다. 몸이 작동을 멈추는 게 느껴졌다. 마침내 안식을 누리며 자유로워질 수 있는 것이다.

멀리 엄마가 보였다. 두 팔을 활짝 벌린 엄마는 미소 짓고 있었다. 아빠와 형제들도 엄마 옆에서 똑같이 두 팔을 벌린 채 웃고 있었다. 나는 우리 가족 앞에 서 있었는데, 내 옆에 웬 차가 한 대 있었다. 차를 본 나는 그쪽으로 걸어가기 시작했다. '마침내 이곳을 떠나 고통에서 해방될 수 있어'라는 생각뿐이었다.

그때 뒤를 돌아 우리 가족을 보았다. 가족들 얼굴에서 미소가 사라졌다. 이제 다들 울고 있었다. 나와 세쌍둥이인 윌리엄과 캐머런이 보였다. 삼총사였던 우리는 엄마 자궁에서부터 함께였고 무슨 일이든 같이 했다. 나의 보호자이자 큰오빠인 엘제이도 보였다. 내가 다른 곳으로 이동해야 할 때면 오빠가 축 늘어진 내 몸을 들어 옮기곤 했다. 무서운 일이 생겨도 오빠는 내 곁을 지켰다. 오빠도 두려웠을 텐데 말이다. 아빠도 울고 있었다. 아빠는 자신의 어린 딸을 도울 수가 없었다. 뒤돌아보자 내가 아는 모든 사람 중에서 가장 강인한 여성인 우리 엄마가 보였다. 엄마는 지치지 않고 나를 도왔고 절대로 포기하지 않았다. 그런 엄마가 무릎을 꿇고 앉아 하염없이 울고 있었다.

「가지 마. 버텨, 빅토리아.」

나는 현실로 돌아왔다. 그리고 내가 죽는다면 이 환상이 현실이 되리라는 걸 깨달았다. 나는 어떻게 이렇게 이기적인 생각을 했을까? 우리 가족은 나를 포기할 생각을 손톱만큼도 하지 않았다. 지난 4년 동안 내게 최선의 삶을 선사하기 위해 모든 걸 했다. 나를 지극정성으로 돌보았고, 엄마는 내 손톱에 매니큐어까지 꼭 발라주었다. 비록 이상적인 삶과는 거리가 멀지만 그래도 나의 삶이었고, 살 만한 가치가 있는 삶이었다.

「버텨. 그래도 살 만한 가치가 있는 삶이잖아.」

그래서 나는 정말이지 어려운 결정을 내렸다. 나는 살기로 했다. 상황이 어떻든 무조건 사는 것이다. 포기하고 싶었고 죽고 싶었다. 하지만 죽을 수 없었고 떠날 수 없었다. 이 지구에서 아직 할 일이 남아 있었다. 그래서 나는 약속했다.

「제게 살 기회를 다시 한 번 주신다면, 절대로 그 기회를 낭비하지 않겠습니다. 단 한순간도 헛되이 쓰지 않겠습니다. 그냥 사는 게 아니라 세상을 바꾸겠습니다.」

하나님께 이렇게 약속했다. 내 목소리를 들을 수 있는 사람은 하나님뿐이었기 때문이다.

우리는 가장 어두운 시기에 가장 위대한 깨달음을 얻기도 하고, 기적이 일어나기 직전에 가장 가혹한 시험에 들기도 한다.

「포기할 수 없어. 이렇게 멀리 왔잖아. 이렇게 열심히 싸웠잖아.」

이제는 엄마가 오면 엄마와 소통하기 위해 모든 방법을 시도했다. 하지만 엄마 눈에 비친 나는 화나고 불안해 보일 뿐이었다. 엄마는 영문을 몰라 했고 내게 더 큰 좌절감만 안겨줬다.

「날 여기서 꺼내달라고요!」

끊임없이 이 말을 하려고 했지만, 엄마를 비롯한 세상 사람들에게 나의 간절한 구조 요청은 짜증 섞인, 이해할 수 없는 웅얼거림일 뿐이었다.

「엄마, 제발 내 말 좀 들어요!」

어느 오후, 엄마가 내 방에 있다가 몇 분간 자리를 비웠다. 그날은 내 손이 묶이지 않은 상태여서 발작이 일어나자 왼쪽 팔이 이마 위로 툭 떨어졌다. 발작은 금방 가라앉았지만, 간호조무사가 떨어진 왼손을 잡더니 내 주먹으로 내 얼굴을 때렸다. 주먹이 얼굴을 때릴 때마다 손과 얼굴에 찌르는 듯한 통증이 느껴졌다. 나는 소리를 질렀다. 소리를 지르고 또 지른 끝에 가까스로 등골이 오싹해지는 비명을 내질렀고, 깜짝 놀란 간호조무사가 뒷걸음질 쳤다. 바로 그때 엄마가 병실로 달려 들어오며 고함을 쳤다.

"무슨 일이에요? 지금 무슨 짓을 한 거예요?"

간호조무사는 고개를 저으며 아무 짓도 하지 않은 양 행동했다.

"나가!"

엄마가 소리쳤다.

「엄마, 날 구해줘요.」

내 뺨 위로 눈물이 줄줄 흘러내렸고, 엄마가 내 침대로 기어 들어 왔다.

"걱정하지 마. 엄마 여기 있어. 이제 아무 데도 안 갈게."

4년 만에
식물인간에서
완전히 깨어나다!

2009년 11월부터 2010년 8월까지

간호조무사가 나를 때린 사건 이후로 의사들은 내 발작을 멎게 하려고 더욱 노력했고 엄마도 함께 지내기로 했다. 간호사와 간호조무사들은 다시금 친절하게 행동했다. 자신들이 나를 어떻게 대하는지 엄마가 유심히 살펴본다는 것을 아는 듯했다. 말이나 행동을 한 번만 잘못해도 엄마가 눈치 챌 것이었다. 내가 절대로 목소리를 되찾지 못하도록 기도하는 그들 모습이 그려졌다. 내가 말하게 된다면 그들은 엄청난 곤경에 처하게 되기 때문이다.

의사는 내가 좀 더 편히 잘 수 있도록 수면제를 처방해주었다. 그런데 그 수면제를 먹자 잠이 오는 대신에 몸이 차분해졌다. 긴장이 풀리고 발작도 훨씬 뜸해졌다. 얼굴 긴장이 풀리자

엷은 미소가 지어졌다. 한동안 사라졌던 미소였다. 처음으로 내 몸이 나를 공격하지 않았고, 나는 발작에 맞서 싸우지 않아도 되었다.

「아아…… 마침내 자유다.」

발작을 유발했던 신경전달물질을 수면제 속 화학 성분이 어떻게 차단한 것이다. 몸이 편하고 아프지 않은 건 1년 만이었다. 두통이 사라지자 나는 자유를 얻었다. 내 몸이라는 감옥에서 탈출하기 위해 더욱 노력할 수 있는 자유를 얻은 것이다.

「기적이 필요해. 진짜 기적. 그런데 기적은 쉽게 일어나지 않잖아. 하나님, 좀 도와주세요.」

깜박, 깜박, 깜박.

「잠깐, 내가 눈을 깜박이잖아! 눈을 깜박인다고! 한 번, 두 번, 세 번 깜박였어. 좀 더 어려운 걸 시도해보자. 왼쪽을 봤다가 오른쪽을 보는 거야. 됐어! 눈이 움직여! 눈을 다시 움직일 수 있게 된 거야! 그냥 멍하게 앞만 보는 게 아니라고. 엄마! 엄마! 어라, 아직 목소리는 돌아오지 않았구나. 엄마, 엄마, 어디 갔어요? 엄마를 봐야 한다고요!」

그때 엄마가 방으로 들어와 잠자리에 들 준비를 시작했다. 나는 엄마에게 시선을 고정하고 방을 돌아다니는 엄마를 눈으로 따라다녔다. 창문 너머 바깥세상도 볼 수 있었다. 어찌나 아름답던지! 나뭇잎이 갈색으로 물든 것을 보니 겨울이 다가오는 게 틀림없었다. 태양이 밝고 아름다웠다. 이렇게 밝고 아름다운 세상이 그리웠다.

「빅토리아, 집중해.」

나는 다시 엄마를 쳐다봤다. 엄마가 내 시선을 느껴야 했다. 살면서 이토록 집중한 적이 있었던가. 엄마가 다가오더니 내 눈을 쳐다봤다. 나는 집중하면서 엄마와 눈을 맞췄다. 그리고 마침내 엄마가 나를 봤다.

「엄마, 나 아직 여기 있어요.」

나는 흐트러짐 없이 엄마를 응시했다. 내 눈이 전과 다른 걸 느낄 수 있었다. 흐리멍덩함이 사라졌고 눈에 초점을 맞출 수 있었다. 의식도 있었고 엄마와 소통할 준비도 되어 있었다. 엄마가 뒷걸음질 치는 동안에도 나는 엄마를 응시했다. 엄마도 나를 쳐다보고, 나도 엄마를 쳐다봤다.

"빅토리아?"

엄마를 뚫어져라 쳐다봤다.

"엄마 말이 들리면 눈을 두 번 깜박여볼래?"

깜박.

"제발, 빅토리아. 한 번만 더."

깜박.

나는 눈을 깜박이고 또 깜박였다.

우리가 당연하게 여기는 이 사소한 행위, 여러분이 이 책을 읽는 동안 몇 번이고 반복한 행위가 나의 생명선이 되었다. 갑자기 소통의 창구가 열린 것이다. 내가 눈을 한 번 깜박이면 '네'였고, 두 번 깜박이면 '아니요'였다. 엄마는 곧바로 기쁨의 눈물을 터뜨렸다. 엄마 등을 짓누르던 세상의 무게가 사라진 것이다. 내가 다른 누구와 공유한 그 어떤 순간도 이보다 강렬할 순 없었다.

"빅토리아가 지금 여기 있어!"

비로소 우리 가족은 안도했다. 마침내 내가 아직 존재한다는 사실을 다들 알게 되었다. 내가 몸 안에 갇혀 있다는 데 경악하긴 했지만, 그래도 반응을 보일 수 있다는 데 기뻐했다.

* * *

나는 최고로 단순한 방법으로 소통하게 되었지만 그래도 더할 나위 없이 기뻤다. 대부분 사람에게는 눈을 깜박이는 일이 대수롭지도 중요하지도 않지만, 내게는 산 사람의 세계로 돌아가는 통로이자, 내가 아직 존재한다는 사실을 알리는 유일한 방법이었다.

갑자기 보고 소통하는 게 가능해졌다. 내가 사라지는 기분, 주변 세상을 놓치고 있는 기분이 더는 들지 않았다. 작은 기적 덕분에 조금씩 사라지던 투지와 열정에 다시 불이 붙었다. 눈을 마음대로 움직일 수 있게 되자 세상을 다 가진 기분이었다.

「하나님, 감사합니다.」

발작이 일어나지 않을 때는 정신을 집중하고 소통할 수 있었다. 의식을 잃을 걱정을 하지 않아도 되는 게 가장 다행이었다. 하루하루 지날수록 발작이 뜸해졌고, 내 눈에도 영혼에도 반짝이는 빛이 되돌아오고 있었다.

* * *

나는 살아남았고 상태도 안정되어서 가족과 집에서 지낼 수 있게 됐다. 발작이 잡히고 건강 상태가 안정되자 의사들이 퇴원을 허락했다. 우리 가족 모두 안도의 한숨을 내쉬었다. 형제들은 나를 휠체어에 태우고 집안을 즐겁게 돌아다녔고, 엄마는 그동안 세상에 무슨 일이 일어났는지 내게 들려주었다.

나는 아직 말을 할 순 없었지만 그래도 여러 방법으로 의사를 전달했다. 눈을 깜박이거나 꺽꺽 소리를 내면, 우리 가족은 내가 무엇을 필요로 하는지 이해했다.

팔을 조금씩 다시 움직일 수 있게 됐지만, 심하게 경직된 손은 아직 굽어 있었다. 오랫동안 팔을 사용하지 않았기 때문에 내 팔이 움직이는 모습은 우아함과 거리가 멀었지만 그래도 조금씩 제 할 일을 해냈다. 팔을 사용할 수 있게 된 덕분에 내가 하고 싶은 말을 다양한 그림이 그려진 의사소통판을 활용해 전달할 수 있었다.

우리 가족이 베풀어준 사랑, 친절, 보살핌은 나를 끊임없이 놀라게 했다. 내 상태는 여전히 온전함과 거리가 멀었지만, 우리 가족은 나를 온전한 인간으로 대했다. 모든 대화에 나를 참여시켰고 절대 소외시키지 않았다. 나는 엄마의 친구가 되었고, 엄마는 나를 어디든 데리고 갔다. 하루는 내가 정말로 좋아하는 곳, 바로 바다에 나를 데려갔다. 엄마와 함께 신선한 공기를 들이마시자 마음에 진정한 평화가 찾아왔다.

차를 타고 집으로 돌아오는 길에 엄마는 백미러로 나를 보면서 내게 절대로 잊지 못할 말을 했다.

"몸이 예전으로 돌아가지 않고 상태가 호전되지 않더라도 엄마가 늘 네 곁에서 너를 돌볼 거라는 걸 알고 있으렴."

정말이지 우리 엄마는 언제까지 나를 감동시킬까? 엄마 말은 너무도 소중하고 다정했지만, 내게는 다른 계획이 있었다.

「엄마, 나는 살아남는 데서 그치지 않을 거예요. 승승장구하면서 살 거예요.」

상태가 호전되자, 주변 세상을 비롯해 지난 4년 동안 내가 삶에서 무엇을 놓쳤는지가 인지되기 시작했다. 열한 살 이후로 정말 많은 것이 바뀌었다. 이제 열다섯 살이 된 나는 예전의 평범함으로 돌아가고 싶으면서도, 다시 평범해지는 게 진정 가능할지 의구심이 들었다.

처음으로 다시 거울을 봤을 때 충격을 받았다. 아프기 시작한 후로 4년 동안 거의 거울을 보지 않았다. 그리고 이제는 거울 속에서 나를 응시하는 저 얼굴을 알아볼 수가 없었다.

「넌 누구야? 빅토리아는 어디 있어?」

단점이 눈에 들어오는 건 어쩔 수 없었다. 그런데 단점이 많아도 너무 많았다.

많은 일이 있었다는 사실을 감안해야 했다. 그렇더라도 '나는 어떤 사람이어야 한다'는 스스로의 기준에 내 겉모습은 완전 수준 미달이었다. 열한 살에서 열다섯 살이 되는 동안 많은 게 변했다. 게다가 다양한 약물을 투여한 데 따르는 온갖 부작용이 내 생김새에 영향을 미쳤다는 걸 그땐 알지 못했다. 내 얼굴은 퉁퉁 부어 있었고 이는 삐뚤빼뚤했다. 앞머리를 낸 헤어 스타일은 이상했다. 심지어 가슴까지 나와 있었는데, 가슴은 존재 자체만으로도 충격이었다.

나는 상심했다. 건강했던 원래 모습으로 돌아간다는 생각이 터무니없는 꿈처럼 여겨졌다. 무엇을 해야 할지, 무엇이 되어야 할지, 앞으로 어떻게 될지 알 수가 없었다.

「다시 말을 할 수 있을까? 스스로 앉을 수 있을까? 먹는 건? 걷는 건? 글씨를 쓰는 건? 학교에 가는 건? 독립적으로 생활하는 건? 남자친구를 사귀는 건? 멋진 몸매를 갖는 건? 움직이는 건? 강해지는 건?」

끝없는 불확실성과 불안감 때문에 밤에 잠들지 못했다. 계속 두려움에 시달렸고 모든 게 두려웠다. 잠에서 깨면 어떤 상황에 맞닥뜨릴지 모르니 잠을 자기가 무서웠다.

「발작이 돌아올까? 또 아프게 될까? 다시 갇히는 건 아닐까? 또다시 내 세계를 빼앗기게 될까?」

당시에는 몰랐지만 나는 심각한 외상후스트레스 장애에 시달리고 있었다. 머리가 터질 것 같았다. 병상에서 살려고 사투를 벌일 때는 두려움으로 고생하지 않았는데 이제는 매 순간 두려움에 시달렸다. 4년 동안 나 없이 세상이 돌아갔다. 세상이 무시무시해 보였고 세상에 내가 설 곳이 없어 보였다.

4년 전에 떠나온 열한 살 아이의 단순한 삶이 몹시도 그리웠다. 하지만 어린아이의 삶도, 옛날 빅토리아도 사라졌다. 나는 새로운 빅토리아였고 새로운 삶에 적응할 방법을 궁리해야 했다. 그런데 솔직히 말하면, 평범한 보통 아이처럼 지내는 법을 전혀 몰랐다. 뭘 어떻게 해야 하는지 알 수가 없었다.

「어떻게 해야 평범하게 살 수 있지?」

최근 몇 년 동안 나를 괴롭히던 트라우마와 어두운 생각이 이제 완전히 수면 위로 올라와 나를 고문하기 시작했다. 아무도 내게 '인생에서 4년을 잃어버렸을 때 대처하는 방법'을 알려주지 않았다. 또 나는 광장공포증*을 겪고 있었다. 너무 오랫동안 세상 밖으로 나가지 않았기 때문이다. 모든 게 변했다. 깨어나 보니 또래 아이들은 모두 아이폰과 페이스북에 몰두해 있었다. 그러나 나는 아이폰이 뭔지, 페이스북이 뭔지 솔직히 하나도 이해가 안 됐다.

* * *

다음 몇 개월 동안은 병원에 방문하고 운동 치료, 작업 치료, 언어 치료를 받는 나날이 이어졌다. 나는 서서히 우리 집의 일상으로 돌아갔고, 잃어버린 기능을 되찾기 시작했다. 새로운 일상을 구축하려 했는데, 새로운 일상은 더 복잡하고 수고스러

● 사람이 북적이는 곳을 두려워하는 불안 장애

웠다. 외출하거나 화장실에 가는 일이 전보다 훨씬 번거로워졌다. 손가락을 꼼지락거리거나 연필을 쥐거나 '헬로'라고 말하거나(h는 제대로 발음하기 어려운 소리였다) 고개를 가누는 간단한 일조차 놀라울 만큼 힘들었다. 위 기능이 아직 회복되지 않아서(위에 구멍을 뚫어 관을 꽂은) 위루관 펌프 작동법도 배워야 했다. 이 펌프가 내 몸에 지속적인 영양을 공급했다. 산을 오르고 또 오르는 듯했다. 마침내 정상에 올랐다고 생각하는 순간 더 큰 산이 자취를 드러냈다.

하지만 내 의지는 흔들리지 않았다. 최대한 내 삶을 진전시키려 했고 평범한 열다섯 살이 되려고 했다. 힘든 상황이었지만 절대로 포기할 생각은 하지 않았다. 잃어버린 시간을 만회하려고 단단히 작정한 기계처럼 살았다. 가만히 앉아서 잃어버린 것들이 되돌아오길 기다리지 않고, 잃어버린 것들이 되돌아오게 만들었다. 물리치료, 작업 치료, 언어 치료를 받지 않을 때는 그 주의 목표를 달성하려고 열심히 노력했다.

단어를 말하는 데서 그치지 않고 간결하고 교양 있는 문장으로 말하고 싶었다. 하고 싶은 이야기가 너무 많았고, 그 이야기를 정말로 멋지게 하고 싶었다. 내가 말을 못하던 때가 있었냐는 듯 말하고 싶었다. 또, 손가락을 꼼지락거리는 것으로는 성이 차지 않았다. 손의 기능을 완전히 회복하고 싶었다. 심한 근경직 때문에 팔과 손이 수년간 굽어 있었는데, 양팔에 보톡스 주사를 스물두 번씩 맞자 다행히 굽었던 주먹이 펴지기 시작했다. 나는 쉴 틈을 주지 않고 억지로 손을 써서 만들기를 하고 필기체로 이름 쓰는 걸 연습했다. 또, 고개를 가누는 것만으로는 부족했다. 나는 똑바로 앉고 싶었다. 그래서 나중에는 혼자 힘으로 휠체어를 타고 내릴 수 있게 되길 바랐다.

보행의 자유를 잃고 휠체어에 매인 몸이 된 현실을 제대로 슬퍼할 기회가 없었다. 아팠던 초창기에 다리를 못 쓰게 된 걸 기억했지만, 평생 못 쓰게 되리라고는 상상도 못 했다. 의사들은 나보고 다시는 다리를 쓸 수 없을 것이고, 남은 평생 휠체어가 내 이동수단이 될 거라고 했다.

내 삶은 완전한 자유와 거리가 멀었다. 혼자서 돌아다니고, 음식을 먹고, 화장실에 가고 싶은 마음이 굴뚝같았다. 나는 내가 괜찮은 것 같았지만, 심한 근위축증과 신경 결함은 자꾸만 나보고 괜찮지 않다고 말했다.

「앞으로 어떻게 살아가지? 괜찮아지는 날이 올까?」

내가 얼마나 멀리 왔는지에 집중하고, 얼마나 멀리 가야 하는지는 생각하지 않으려고 노력했다. 앞일을 생각하면 순식간에 엄청나게 우울해지기 때문이다. 그리고 한번 우울해지기 시작하면 한도 끝도 없이 우울해졌다.

아프기 전으로 절대 돌아갈 수 없다는 걸 알았지만, 그래도 내 앞에 놓인 자유롭고 멋진 삶을 그려보려고 했다. 내가 그리는 삶을 살 가능성이 높지 않다는 건 알았지만, 세상 일을 누가 알겠는가?

내게 가장 불가능해 보이는 일은 하키였다. 고등학교 진학을 앞둔 여름에 노스이스트 패시지에 갔던 날을 잊지 못할 것이다. 노스이스트 패시지는 뉴햄프셔 대학교의 장애인 스포츠 프로그램이다. 밴쿠버 올림픽이 열리던 해 2월에 노스이스트 패시지에 대해 처음 들었다. 그때 난 식물인간 상태에서 천천히 빠져나오던 중이었다. 엄마가 뉴햄프셔 대학교에 방문했는데, 2010년 2월 대학교 소식지에 썰매 하키 특집 기사가 실렸다. 노스이스트 패시지에 대해 들은 순간, 다시 빙판으로 나가 스포츠 경기에 참여하고 싶다는 생각이 들었다. 썰매 하키는 신체장애가 있는 선수들을 위한 스포츠로 서서 스케이트를 타는 대신에 썰매 위에 앉아서 경기를 펼친다. 끝에 날카로운 픽이 달린 스틱을 사용해 썰매를 밀어 앞으로 이동한다.

나는 아직 말도 못하는 상태였지만, 우리 가족에게 썰매 하키를 하고 싶다는 의사를 표현했다. 걸출한 하키선수였던 아빠는 프로 경기를 포함한 다양한 경기에서 선수로 뛰거나 코치로 활동했다. 아빠는 내가 다시 빙판으로 나가고 싶어 한다는 걸 알자 발 벗고 나서서 나를 썰매에 태웠다.

나는 아직 상태가 온전치 못했다. 팔이 움직이지 않았고, 단어 몇 개만 말할 수 있었다. 그것도 내 근육이 협조적일 때뿐이었다. 그래도 내게 무엇이 필요한지 나만의 방식으로 소통할 수 있었다. 아빠는 내 머리에 헬멧을 씌운 뒤 끈을 조이고, 테이프로 내 손에 썰매 하키 스틱을 고정했다. 그리고 나를 빙판으로 데리고 나가 시험했다. 다른 집 식구들은 다들 아이와 조심조심 스케이트를 타는데, 우리 아빠는 링크 가장자리를 둘러싼 보드로 나를 밀며 바디체크*하는 시늉을 했다. 아빠는 계속 이렇게 말했다.

"하키를 하려면 상대방 공격을 받아낼 줄 알아야 해."

가엾은 엄마는 관중석에서 마음 졸이며 나를 지켜봤고, 윌리엄은 빙판 위에 배를 깔고 미끄러져 오며 나를 바디체크하는 시늉을 했다. 그 모든 순간이 너무도 좋았다. 이 빙판과 내 손에 쥐여진 스틱 덕분에 나는 우리 가족이 모두 하키에 열광한다는 사실을 떠올렸다.

나는 바로 이 아이스 링크에서 자랐다. 가족 중 누구도 내가 아이스 링크에서 썰매를 타게 될 줄 몰랐고, 우리가 그 모든 일

● 아이스하키에서 퍽을 빼앗기 위해 선수들끼리 몸을 부딪치는 행위

을 겪게 될 줄 몰랐다. 하지만 우리는 뒤돌아보며 슬픔과 상실
을 곱씹지 않았다. 미래, 내가 살아 있다는 사실, 새로운 일상에
서 안정과 평화를 찾아간다는 사실에 집중했다. 새로운 일상은
어느 모로 봐도 완벽하지 않았지만 그래도 좋았다. 정말이지
좋았다.

썰매에 오르면 타고난 승부욕이 발동했다. 가족하고 아이스
링크를 다시 찾은 건 치유의 경험 그 이상이었다. 내게 운동선
수로서 시합할 수 있는 공간이 생긴 것이다. 나는 시합이 그리
웠다. 썰매 하키는 심약한 사람의 스포츠가 아니다. 끝에 날카
로운 픽이 달린 스틱 두 개를 들고 경기하는 극도로 격렬한 스
포츠다.

***

나는 언제나 남자아이들과 놀기 좋아하는 여자아이였다.
2010년 9월, 썰매 하키에 입문한 지 일곱 달만에 노스이스트
패시지 썰매 하키 팀에 들어갔다. 함께 경기하는 선수들은 나
를 밀어붙이며 자극했다. 나는 강한 공격도 받아내야 했고 빙
판 위를 빠르게 움직여 공격을 피하는 법도 터득해야 했다. 동
지애도 배웠고, 내가 혼자가 아니라는 사실도 알게 되었다. 썰

매 하키 팀의 많은 팀원들은 저마다의 상황과 사연이 있었다. 그들의 사연을 듣고, 그들의 독립심이나 처한 환경을 뛰어넘으려는 의지를 보면 무척 힘이 되었다.

하키 팀에 들어가기 전에는 너무 외로웠고 아무도 나를 이해하지 못한다고 느꼈다. 우리는 사람들이 우릴 보고 '영감을 받았다'고 말하는 게 지겨웠고, 사람들과 어울리기 위해서, 평범해지기 위해서 무진 애를 써야 했다. 그런데 팀원들은 나를 이해했고 고맙게도 시니컬한 유머 감각까지 갖추고 있었다. 연습하고 경기하는 그때뿐이기는 해도, 그 시간 동안 우리는 하키선수로 있을 수 있었다. 환자나 피해자도 아니었고, 아프거나 다친 사람도 아니었다. 우리가 치렀던 전쟁의 상처는 장비가 가려주었고, 하키 실력을 보여주는 일은 말이 필요하지 않았다. 우리는 신세 한탄을 하지도, 몸을 사리지도 않았다.

정말 오랜만에 영양 공급관을 빼고 휠체어에서 내려 어린아이 때부터 사랑해 마지않던 경기를 뛰었다. 오래전에 사라졌다고 생각했던 내 모습이 조금씩 나오기 시작했다.

하키는 여러모로 나를 구했지만, 하키가 구해준 가장 소중한 것은 아빠와 나의 관계였다. 솔직히 털어놓자면 내가 아팠을 때 아빠와 나의 관계가 많이 틀어졌다. 나를 도저히 도울 수 없었기에 아빠는 아픈 나를 두고 괴로워했다. 그래서 그 좌절감을 내게 쏟아내기도 했다. 나도 통증이 극심할 때는 아빠를 상대하고 싶은 마음이 전혀 들지 않았다. 하지만 곧 깨달았다. 내가 어떻게 아빠를 판단한단 말인가. 그저 우리에게 일어난 일이 끔찍했던 탓이었다.

점차 원래의 내 모습을 되찾으며 아빠와의 관계도 나아지길 바랐다. 누군가가 내게 상처를 주면 나는 곧바로 줄행랑을 쳤는데 그게 나의 방어기제였다. 싸늘한 말 한마디, 눈빛 한 번에 나는 단단한 껍질 속으로 도망쳤다. 아빠가 있으면 껍질 속으로 도망가는 일이 몇 년간 지속됐다. 아빠는 세상 누구보다 날 사랑한다고 했지만 내가 아팠을 때 내 곁에 있어 주지 않았다.

사람들은 자기도 모르는 사이에 사랑하는 사람에게 상처를 주기도 한다. 아빠는 나쁜 사람이 아니었다. 나는 아빠의 귀염둥이였고 아빠는 나의 보호자였다. 그런데 우리에게 시련이 닥쳤을 때 아빠는 나를 보호할 수 없었고, 그 사실이 아빠를 망가뜨렸다. 아빠는 망가져 있었고, 아파하고 있었으며, 가정을 지키기 위해서 애쓰느라 기력이 없었다. 자식을 도울 수 없을 때 부모가 느끼는 좌절감과 고통은 감히 헤아리기 힘들다.

나는 아빠를 더 긍정적으로 보려고 노력하기 시작했다. 아빠가 수고로움을 마다하지 않고 나를 하키 연습에 데려다주었기 때문이다. 아빠는 심지어 우리 팀을 코치해주기까지 했다.

지금껏 서서 스케이트를 타는 선수들만 봐왔던 아빠가 썰매에 앉아 있는 선수들을 코치하려고 애쓰는 모습을 지켜보는 건 정말 재미있었다. 다리가 없는 우리 골키퍼에게 실수로 이런 말을 하기도 했다.

"발로 막아!"

그럼 우리 골키퍼는 이렇게 대답했다.

"네, 코치님. 참 감사해요."

말하지 않아도 뻔하지만, 가끔 이런 농담이 오가면 미친 듯이 웃음이 났다. 어쨌든 우리 아빠는 훌륭한 코치였고, 나는 아빠가 수많은 하키선수를 일류 선수로 키워내는 걸 지켜봤다. 몇몇 선수는 하늘의 별 따기라고 불리는 프로아이스하키 리그 NHL까지 진출했다.

우리 아빠는 내게도 훌륭한 코치였다. 아빠는 내가 더 멀리 더 빨리 가도록, 어제보다 발전하도록 독려하며 밀어붙였다. 절대로 봐주는 법이 없었고, 오히려 누구보다도 세게 밀어붙였다. 하지만 그건 모두 사랑에서 우러나온 행동이었다. 아빠는 내가 스스로 깨닫기도 전에 나의 재능을 알아보았다. 나에 대한 아빠의 자신감을 느끼자 엄청난 힘이 솟았다. 수년간 의사들은 내가 할 수 없게 된 일들만 말해줬는데, 아빠는 내가 할 수 있는 일, 앞으로 해야 할 일들을 끊임없이 말해줬다.

아빠와 나는 빙판에서, 그리고 시합장에서 많은 시간을 함께 보냈다. 나는 아빠를 다시 알아갔고, 아빠가 지난 일을 만회하려고 애쓰는 모습을 보게 되었다. 하루아침에 우리 관계가 회복되지는 않겠지만, 그래도 중요한 첫발을 내디딘 것이었다.

「계속 앞으로 가. 더 강해져. 계속 도전하는 거야.」

아빠와 더불어 우리 팀 수석 코치인 톰 카Tom Carr도 나를 처음부터 믿어줬다. 톰 코치는 나를 독려하며 내가 더 나아지도록 밀어붙였다. 아빠의 참여를 뚝심 있게 유도한 사람도 그였다. 톰 코치는 아이스 링크에서 나의 기량을 엄청나게 끌어냈다. 우리가 처음 만났을 때 나는 똑바로 앉지도 못하는 상태였지만, 그는 단 한 번도 나를 환자 취급하지 않았다. 그에게 나는 늘 어엿한 선수였다.

톰 코치는 내가 하키만 할 사람이 아니라며 다른 스포츠도 시도해보라고 계속 권했다. 하지만 나는 일단 하키가 하고 싶었고, 하키만으로도 족했다. 그래도 톰 코치는 물러서지 않았다. 그는 내가 수영을 하는 것도, 수영을 잘하는 것도, 하키보다 수영에 재능이 있으리라는 것도 알았다. 하키보다 수영이 내게 더 많은 기회를 줄 수 있었기 때문에 톰 코치는 내게 수영을 해보라고 줄기차게 권했다. 가끔은 웃으면서 내가 뛰어난 수영선수가 될 수 있는데 하키선수로 남겠다고 고집부리는 게 마치

'행복한 길모어*Happy Gilmore' 같다고 했다.

오랜 의논과 설득 끝에 나는 다시 물로 돌아갔다.

내가 얼마나 큰 물보라는 일으킬지 알지 못한 채.

● 미국 영화의 주인공 이름. 하키선수로서는 재능이 부족했지만 골프에 뛰어난 재능이 있음을 알
게 된다

The Will to Survive and the Resolve to Live

3부

Victoria Arlen

첨벙!
수영장 물속으로
던져지다

2010년 8월부터 2011년 9월까지

첨벙!

내가 눈치 채기도 전에 윌리엄과 캐머런이 나를 수영장 물 속으로 던졌다. 물은 얼음장처럼 차가웠다. 몇 년이나 물에 들어가지 않았던 나는 겁에 질렸다. 아기 때부터 물은 나의 놀이터였는데 이제는 어색하고 거북한 기분이 들었다니. 한때 가장 평화롭다고 느꼈던 곳이 이제는 가장 겁나는 곳이 되었다.

꼬마 때 내가 안 보이면 십중팔구 물에 들어간 거였다. 제일 먼저 물에 뛰어 들어가 제일 마지막으로 나오는 사람이 나였다. 우리 가족은 수영장이나 호수 주변에서 살다시피 했다. 계절이 봄에서 여름으로 바뀌면 나는 곧장 물에 들어갔고 겨울이면 수영 시합에 나갔다.

고작 다섯 살 때 나는 수영 팀에 들어가는 걸 허락해달라고 엄마를 졸랐다. 대학교 수영선수였던 엄마는 수영 팀에 들어가면 얼마나 강도 높게 훈련해야 하는지 알고 있어서 내가 아홉 살이 될 때까지 수영 팀에 들어가는 걸 허락하지 않았다. 내가 유년 시절을 아이답게 보내며 다른 스포츠도 시도해보길 바랐기 때문이다.

나는 물에 있을 때 느끼게 되는 자유로움과 즐거움을 사랑했다. 그 잔잔함과 고요함은 내 영혼을 살찌웠고, 질내 실리지 않았다. 가장 아팠을 때도 물속에 있는 나를 상상했다. 나를 익사시키려 하는 질병에서 해방된 완벽하게 평화로운 모습이었다. 물에만 들어가면 평화로운 명상상태로 빠져들었다.

그랬던 내가 물을 무서워하게 되었다.

「빅토리아, 잘하고 있어. 다시 물속으로 돌아왔잖아. 긴장 풀어. 안식처로 돌아가는 거야.」

나는 나를 안고 물속을 돌아다니는 윌리엄에게 죽을힘을 다해 매달렸다. 윌리엄과 캐머런은 격려를 아끼지 않았고, 수영하려고 버둥거리는 나를 응원해줬다. 하지만 몸에 꼭 맞는 구명조끼가 안 그래도 거추장스러운 영양 공급관을 계속 잡아당겼다. 불편하고 짜증이 났다. 거북하고 혼란스럽기도 했다.

「어떻게 다시 수영하지? 팔은 겨우 움직이고, 다리는 아예 움직이지도 않는데. 물을 자유롭게 가르던 내가 이제는 혼자서 물에 뜨지도 못해. 절대로 예전처럼 수영하지 못할 거야.」

형제들은 지치지 않고 매일 나를 수영장에 데려갔고 함께 수영해주었다. 결국 나는 형제들에게 덜 의지한 채 물에 떠다 닐 수 있게 됐다. 쉽지 않은 일이었지만 끔찍했던 지난 세월과 병마가 이미 너무 많은 것을 앗아갔기에 수영까지 빼앗길 순 없었다.

생각만 해도 겁나는 고등학교 입학을 앞둔 2010년 여름은 오롯이 나를 되찾는 일에 바쳤다. 내 인생을 되찾고 싶었다. 전과 다른 인생이더라도 어쨌든 내 인생이었다. 이 모든 일이 닥치기 전의 내 인생에서 수영은 굉장히 중요한 부분이었고 형제들도 그걸 알았다.

그런데 이제 다른 목표가 수면 위로 떠올랐는데, 바로 학교였다. 지금까지 학교는 완전히 뒷전이었다.

「다시 학교생활을 할 수 있을까? 학교 친구들이 나를 어떻게 생각할까? 놓친 시간을 만회하는 게 가능할까?」

나는 언제나 뛰어난 학생이었다. 그 사실을 늘 잊지 않으려고 노력했다. 하지만 5학년 이후로 학교에 가지 못했다. 열여섯 번째 생일을 앞둔 나는 고등학교에 진학해야 했다. 고등학교라니! 윌리엄과 캐머런은 이미 고등학교 2학년이었고, 나는 두 사람을 따라잡고 싶었다. 우리 가족이 뉴햄프셔주 엑서터로 이사 온 지 얼마 되지 않은 시기였다.

엑서터는 엄마가 자란 곳이자 훌륭한 교육 시스템을 갖춘 곳이다. 어린 시절에 가족하고 엑서터에 오면 엑서터가 내 고향처럼 느껴졌다. 그런데 이제 내가 엑서터에 새로 전학 온 학생이라고 생각하면 웃음기가 싹 가셨다. 게다가 보통 전학생이 아니었다. 휠체어, 영양 공급관, 삐뚤빼뚤한 치아, 촌스러운 앞머리, 이중턱을 두루 갖춘 전학생이었다. 학교에 처음 등교한 날은 그다지 즐겁지 않았다고만 이야기해두겠다.

어떤 잔인한 아이들은 내가 보통 아이들과 달라서 어디에도 끼지 못한다는 사실을 반드시 알려주겠다는 듯 굴었다. 휠체어를 탄다는 이유만으로 매일 놀림을 받았다. 한 학년 위의 쌍둥이 형제들과 가끔 찾아오는 사촌 형제들을 빼면 그 누구도 나를 상대해주거나 말을 걸어주지 않았다. 당황스럽고 혼란스러웠고 휠체어에 매인 내 처지에 화가 났다. 학교에 가기 전까지는 내가 또래 아이들과 그렇게나 다르고 동떨어졌다고 생각해보지 않았기 때문이다.

설상가상으로 나는 색칠 공부를 하는 반에 배정되었다. '색칠 공부' 말이다. 그 반은 '특별반'이었다. 하지만 나는 색칠하기가 아니라 공부가 하고 싶었다. 입학시험을 치렀던 여름에 내 상태는 굉장히 온전치 못했다. 다른 능력을 비롯해 읽기 능력도 완전히 돌아오지 않은 상태였다. 그런데 사람 성질을 돋우는 담당자는 내 이야기를 듣지도 않고, 내 목표가 무엇인지 알려고 하지도 않았다. 나는 발칙한 열여섯 살답게 나를 믿어주지 않는 사람들에게 낭비할 시간이 없어서 곧장 학생지도 상담사에게 갔다. 그리고 대입을 준비하는 '일반반'에 배정해달라고 요구했다. 나도 대학교에 가서 커리어를 쌓고 싶었기 때문이다. 병이 내 몸을 앗아갔을지는 몰라도 내 뇌는 생기 넘치고 건강했으며, 어서 빨리 수업을 듣고 지적 자극을 느끼고 싶었다. 형제들과 함께 졸업하겠다는 드높은 목표도 세웠다. 3년 안에 5년치 공부를 해야 한다는 뜻이었지만 더는 뒤처지고 싶진 않았다.

새로 배정된 멋진 담당자와 학생지도 상담사와 엄마의 도움을 받아 학업 계획을 세웠다. 쉽진 않겠지만, 내 능력을 의심하는 사람들이 틀렸다는 것을 증명하고 싶었다. 그러자 내게 '시도 기간'이 주어졌다. 내가 세운 이 말도 안 되는 학업 계획을 따라도 좋을지 첫 학기 결과를 보고 결정하기로 한 것이다. 그리고 학기 말 내 성적표는 A와 B로 도배되었다. 선생님들은 깜짝 놀랐고, 내 능력을 의심하고 섣부른 판단으로 내 목표를 단념시키려 했던 사람들은 입을 다물었다. 제대로 된 궤도에 오른 나는 마침내 쭉쭉 뻗어나갈 수 있었다.

하지만 여전히 사람들과 어울리는 데는 애를 먹었다. 열한 살 이후로 일상 환경에서 다른 사람과 어울려본 적이 없었다. 두말하면 잔소리지만, 나는 이제 열한 살 아이가 아니었고 사회성 측면에서 배울 점이 많았다. 세상이 너무도 달라져서 고등학교가 낯선 나라처럼 느껴졌다. 또래 아이들은 도통 이해할 수 없는 방식으로 말하고 행동했다. 나는 복도에 다른 아이들이 있으면 나가지 않았다. 내가 어딜 가든 쫓아오는 비웃음이 싫었기 때문이다. 새로 배정된 담당자 덕분에 그녀의 사무실에 숨어서 공부를 할 수 있었다. 모든 아이가 교실로 들어가 복도가 빌 때까지 사무실에서 나가지 않으려고 나는 교실 이동 시간을 더 달라고 학교에 요청했다.

학교에서 외톨이로 지냈다. 주변에 반 친구들이 있을 때 느끼는 굴욕감이 지긋지긋했기 때문이다. 그나마 공부에서 위안을 느꼈기에 공부에 온 신경을 쏟았다. 날 비웃고, 뚫어져라 쳐다보고, 대놓고 무례하게 구는 아이들을 피하기 위해 내가 할 수 있는 일을 한 것이다.

그런데 도서관에 갈 때만큼은 아이들의 비웃음과 손가락질을 피할 수 없었다. 어째서 내가 표적이 되는지는 알고 있었다. 휠체어와 영양 공급관 때문이다. 그런데 그게 왜 괴롭히고 비웃을 구실이 되는지는 이해할 수 없었다. 내가 식물인간 상태에서 깨어난 지 1년도 되지 않았다는 걸 진정으로 이해했다면 그토록 잔인하게 굴지 못했을 것이다.

하지만 아이들이 괴롭힐수록 나는 더 강해졌다. 집에 돌아올 때마다 엄마는 날 위로하며 내가 얼마나 똑똑하고 아름답고 강인한지 말해주었다. 영화 〈헬프〉에서 에이블린이 자기가 돌보는 여자아이에게 '너는 친절하고 영리하고 소중한 사람이란다'고 말해주는 것처럼 말이다. 우리 엄마는 현대판 에이블린이었다. 또 엄마는 늘 이렇게 말했다.

"친구가 얼마나 많이 있느냐가 아니라 어떤 친구가 있느냐가 중요한 거야."

대다수의 고향 친구가 나를 잊었다. 친구들은 어렸고 나는 너무 오랫동안 아팠다. 내가 멈춰있던 시간 동안 친구들의 삶은 계속 앞으로 나아갔기에 사실 당연한 일이다.

아프기 전에는 친구가 한 트럭쯤 있었지만 결국 끝까지 남은 친구는 넷뿐이었다. 켄드라, 세라, 니콜, 벤은 끝까지 내 곁을 지켰다. 내가 다섯 살 때 사귄 켄드라는 거의 매주 엽서를 부쳤고 작은 선물이며 포스터를 보냈다. 세 살 때부터 절친한 친구였던 벤은 내가 어떤 상태든 꼭 병문안을 왔다. 벤의 엄마인 캐런은 내가 입원해 있는 동안 우리 형제들에게 학용품을 사주셨다. 덕분에 할 일이 태산 같던 엄마가 수고를 덜게 되었다.

세라와 니콜은 내가 아프기 전에 수영 팀에서 사귄 절친한 친구다. 우리 셋은 수영 연습에도 꼭 붙어서 가고, 미술이나 만들기도 함께 했다. 투병하는 동안에도, 병에서 회복돼 다시 삶으로 돌아갈 때도 이 친구들은 내 곁을 지켰다. 세라와 니콜은 나와 함께 엑서터 고등학교에 다녔지만, 벤과 켄드라는 내가 전에 살던 동네에 있는 다른 고등학교에 다녔다. 그래도 두 사람은 나를 자주 보러 왔다.

무척 감사한 친구가 한 명 더 있다. 코너는 내가 식물인간 상태에서 깨어나 휠체어 신세를 지게 된 후에 처음으로 사귄 친구다. 우리는 학교 겨울 축제가 열린 날에 만났다. 여느 때처럼 혼자 앉아 있던 내 옆자리에 코너가 앉았고, 우리는 바로 친구가 되었다. 나를 비웃지 않고 내게 자기 시간을 내어주는 사람이 세라와 니콜 말고 학교에 또 있다는 게 정말 좋았다. 코너는 멋진 아이였고, 진정한 친구였다.

무엇보다 코너를 만난 후에 모든 아이가 나쁘지는 않다는 것, 휠체어를 타도 친구를 사귈 수 있다는 것을 알게 되어서 기뻤다. 나는 소중한 친구가 있다는 것만으로 감사했고 그걸로 충분했다.

게다가 내게는 고등학교 최고 인기 스타가 되지 않아도 좋은 다른 계획이 있었다. 파티에 초대받거나 모임에 끼지 못해도 신경 쓰이지 않았다. 나만의 원대한 목표가 있고 이루고 싶은 일들이 있었기 때문이다. 나의 안식처는 학교 바깥에 있었다. 바로 스포츠였다.

윌리엄과 캐머런이 나를 물속에 던지고 얼마 되지 않아 점차 팔에 힘이 돌아왔다. 회복 속도가 더디긴 했지만 다시 물속이 편안하고 아늑하게 느껴지기 시작했다. 나는 학교가 개학하는 9월이 되기 전에 구명조끼를 벗어던지기로 했다. 구명조끼를 벗자 처음에는 가라앉았다. 그런데 팔을 쓰기 시작하자 내가 다리를 쓰지 못한다는 사실조차 잊을 정도로 팔을 저어 물속에 뜨는 일이 자연스럽고 아무렇지 않게 되었다.

수영할 때면 영양 공급관을 빼고 휠체어에서 나올 수 있었다. 영양 공급관과 휠체어는 내가 생존하고 독립적으로 생활하는 데 필수적이지만 내 마음을 어지럽히는 장치이기도 했다. 또, 평범하고 자유롭지 못하다는 기분이 들게 했다. 그런데 한 시간 남짓 수영하는 동안에는 내가 평범해진 듯한 기분이 들었다. 이때 나에게는 평범하다는 느낌이 소중했는데, 학교에 가면 늘 내가 이방인처럼 느껴졌기 때문이다. 그러나 물속에서 나는 이방인이 아니었다.

물속에 있으면서 아주 오랫동안 꺼져 있던 내 안의 열정에 다시 불이 붙었다.

「한번 운동선수는 영원한 운동선수야.」

내가 운동선수이고 승부욕이 강한 것이 재활치료에 도움이
되었다. 나는 운동선수답게 생존하고 재활하는 법을 배우려고
내 모든 것을 총동원했다. 수영 실력이 좋아지자 시합에 나가고
싶어 몸이 근질거렸다. 머리로 생각하면 시합에 나가는 게 터무
니없이 느껴졌지만 가슴으로 생각하면 할 수 있을 것 같았다.

나는 사실 발치기를 할 수 없으니 예전만큼 수영을 할 수는
없을 거라고 내심 걱정했다. 마음을 보호하고 인생의 새로운
장을 여는 의미에서 내가 무엇을 상실했는지 떠오르게 하는 것
들은 멀리하고 싶었다. 썰매 하키를 할 때는 두 다리가 필요하
지도 그립지도 않았지만 수영은 사정이 달랐다. 두 다리가 끊
임없이 그리웠다. 하지만 괴로움을 뚫고 나아가야 더 좋은 것
을 얻는다는 것을 나는 안다. 그래서 수영을 멈추지 않았다. 더
잃을 게 없으니 이제 얻을 것들뿐이라는 마음으로 계속 가보기
로 했다.

아프기 전에 속해 있던 수영 팀의 코치와 가까스로 연락이
닿았다. 나는 그의 팀과 함께 연습하고 훈련하기 시작했다. 그
리고 정신을 차려보니 거의 5년 만에 아주 작은 수영 시합장에
나와 있었다.

"자기 자리에 서시오."

삑!

비록 시합에서 여덟 살짜리 아이들에게 졌지만 상관없었다. 내가 사랑하는 수영 시합을 다시 하게된 것이 중요했다. 쉬운 일은 아니었지만, 나는 점차 빨라졌고 물에 적응했다. 수영을 다시 하게 되자, 내가 한 번도 다리를 감사히 여기지 않았다는 사실을 깨달았다. 내 주 종목은 평영이었지만 발차기를 할 수 없게 되자 자유형을 제외한 모든 영법이 불가능해졌다. 그래도 멈추지 않았다.

수영은 다시 한 번 내 피난처가 되었다. 주변 세상은 혼란스럽고 불확실했지만 물에 들어가면 모두 다 잊을 수 있었다. 고문 같은 학교생활도, 내 능력을 의심하는 사람들도, 내 앞을 가로막는 장애물도 잊었다. 수영할 땐 오로지 나와 물만 존재했고 다른 건 하나도 중요하지 않았다. 수영이 날 어디로 이끌진 몰라도, 날마다 물속에 들어가야 하는 건 알았다. 여러 의미에서 수영은 나를 살렸고 내게 속할 곳을 주었다. 내가 세상에 돌아온 후로 쭉 갈구하고 바라던 것이었다.

수영 실력이 늘면서 내 생활도 나아졌고 건강도 호전됐다. 힘이 세진 나는 더욱 독립적으로 생활할 수 있었다. 작고 가벼운 휠체어를 혼자 조종하게 된 건데, 덕분에 생활이 완전히 달라졌다. 게다가 위가 기적적으로 회복돼 음식을 직접 삼키고 소화할 수 있게 되었다. 여러 이유로 5년 가까이 음식물을 먹지 못했는데, 주된 이유는 횡단척수염으로 척수가 손상되면서 위가 제 기능을 상실했기 때문이었다. 그 결과 영양 공급관 펌프를 장에 직접 연결한 상태로 24시간 지내야 했다. 영양 공급관을 제거하고 다시 진짜 음식을 먹게 되자 정말이지 신이 났다. '평범함'에 한 발 더 가까워진 것이다.

거의 5년 만에 처음으로 내가 환자가 아니라 보통 사람처럼 느껴졌다. 다시 학교생활이 시작되었다. 나를 괴롭히는 아이들에 대한 분노는 잊고 뒤처진 학업을 따라잡고 제때 졸업하기 위해 노력했다. 쌍둥이 형제들과 함께 졸업하는 게 쉽지 않으리라는 걸 알았지만 그만한 가치가 있다고 믿었다. 나는 썰매 하키를 하며 아빠와 국내 이곳저곳을 누비다가 결국 물로 돌아왔다.

* * *

더이상 수영을 '재미로'만 하고 싶지 않았다. 경쟁하고 싶었고, 빨라지고 싶었다. 자연스럽게 내가 들어갈 수 있는 수영 팀과 참가할 수 있는 시합을 찾는 게 다음 숙제가 되었다. 당시에 내가 함께 훈련하던 팀은 내게 적합하지 않았고, 내겐 도전과제가 필요했다. 학교가 요구하는 기록을 갖추었는데도 학교 대표팀에 들어갈 기회를 얻지 못했다. 내가 시험 삼아 들어간 수영 동아리는 나를 진지하게 받아들이지 않았다. 그들에게 나는 휠체어를 탄 불쌍한 선수일 뿐이었다. 수영장에서 대부분 시간을 엄마와 보냈다. 엄마는 끊임없이 나를 격려하고 응원해주었다.

나는 톰 코치에게 연락해서 앞으로 수영을 어떻게 해야 할지 의견을 묻기로 했다. 그러자 놀라운 대답이 돌아왔다.

"패럴림픽에 도전해보는 게 어때?"

썰매 하키가 동계 패럴림픽 종목인 건 알았지만, 하계 패럴림픽이 존재한다는 사실은 미처 생각지 못했다.

"저처럼 발차기를 할 수 없는 선수들하고 겨룰 수 있다는 말이에요?"

알아보니 하계 패럴림픽은 고작 1년 뒤에 런던에서 열렸다! 엄마 고향이 영국이어서 여러 친척이 영국에 살았다. 항상 런던에 가보고 싶었던 나는 미국 국가대표가 되어 런던에 가기로 마음먹었다. 이제 막 수영을 다시 시작한 걸 생각하면 너무나 원대한 목표였지만, 나는 도전할 준비가 되어 있었다.

한편 우리 가족은 내 불가능한 꿈을 응원하기 위해 다들 최선을 다했다. 러스 삼촌은 매일 아침 나를 호수로 데려가 배를 정박한 뒤, 내가 배를 부표 삼아 훈련하도록 해주었다. 그리고 내가 호수를 한 바퀴 돌 때마다 응원을 보내주었다.

엄마의 도움을 받아 마침내 우리는 니콜이라는 훌륭한 코치를 찾았다. 우리는 패럴림픽 스타일로 열리는 수영 시합에 참가하기 위해서 매사추세츠 서부로 떠났다. 나처럼 휠체어를 타는 등 다양한 장애를 지닌 사람들이 실제 시합에서 겨루는 모습은 가히 충격적이었다. 시합이 예상했던 것보다 훨씬 좋아서 구름 위를 걷는 듯 황홀한 기분이 들었다.

시합이 끝난 직후에 경기 디렉터를 만났다. 내가 경기를 펼치는 모습이 무척 마음에 들었던 그는 잔뜩 흥분해 있었다.

"앞으로 수영선수로서 계획이 어떻게 되니?"

"내년 2012 런던 패럴림픽에 나가고 싶어요."

그는 내가 영영 잊지 못할 당혹스러운 표정을 지으며 물었다.

"내년이라고?"

"네."

말문이 막힌 그는 적당한 말을 고르느라 애를 먹었다. 나는 그를 쳐다보며 미소 지었다. 왜 그렇게 당황하는지 눈치 채지 못한 것이다.

그렇게 1분쯤 지나자 그는 무릎을 꿇고 앉아 내 어깨에 손을 올려놓더니 어설픈 미소를 지으며 말했다.

"얘야, 그럴 가능성은 없단다. 내년에 패럴림픽에 나갈 선수들은 이미 몇 년씩 훈련한 선수들이야. 내년을 목표로 삼는 건 좀 아닌 것 같구나. 4년 뒤에 열리는 그다음 패럴림픽이라면 네게도 가능성이 있을지 모르겠지만."

'뭐라고요?' 내 마음은 산산조각 났고, 머릿속엔 '이보세요, 날 아이 취급하지 마세요'라는 생각만 맴돌았다. 나는 공손히 웃고선 수영장에서 나왔다. 최대한 빨리 그곳에서 벗어나고 싶었다. 어쩜 희망이나 낙관은 손톱만큼도 없이 그렇게 대놓고 잔인하게 사람 꿈을 짓밟을 수 있을까? 이 여정이 내게 가르친 교훈이 있다면 바로 희망과 낙관의 힘이었다.

도전해보기 전에는 우리가 어떤 일을 할 수 있는지 알 수 없다. 비상할 수도 있고 추락할 수도 있을 것이다. 하지만 과감히 도전해보기 전에는 절대로 자신이 추락할 거라고 상심해선 안 된다. 나는 믿음을 가지고 도약하면 결국 날개를 얻어 비상하거나, 추락하더라도 하나님이 붙잡아주신다고 굳게 믿었다.

엄마하고 차로 집으로 돌아가는 길에 나는 별말을 하지 않았다. 그저 고개를 숙이고 그가 한 말을 곱씹었다.

「그가 옳았을까? 내가 세운 목표가 정말 터무니없는 걸까? 목표를 이루지 못하면 어떡하지? 놀림거리가 되는 일을 자처하고 싶지 않은데. 내가 정말로 해낼 수 있을지 나도 모르겠다. 그 사람이 패럴림픽 전문가니까 제일 잘 알겠지.」

생각을 곱씹자 수영선수로서 가졌던 꿈과 목표에 의심이 들기 시작했다. 처참하다는 말로도 부족한 심경이었고 그런 마음을 숨길 수가 없었다. 엄마는 누구보다도 나를 잘 안다. 물론 대부분 엄마가 그렇겠지만, 그 모든 일을 함께 겪은 후에 우리 엄마의 육감은 차원이 달라졌다.

엄마는 별말이 없었지만 마음이 언짢은 게 분명했다. 엄마는 갑자기 던킨 도너츠 주차장에 차를 세우더니 이글이글 타오르는 눈빛으로 날 쳐다보며 검지를 치켜들었다. 그리고 몹시 격양된 목소리로 이렇게 말했다.

"아무도 너에게 뭐가 가능하고 뭐가 불가능한지 함부로 말하지 못하게 해. 스스로 할 수 있다고 믿고 열심히 노력하면 너는 뭐든지 할 수 있어. 아무도 딴소리 못하게 해! 다른 사람이 멋대로 말하기에 너는 정말 멀리 왔고 정말 많은 걸 넘어섰으니까."

엄마 말을 듣는 순간 가슴이 벅차오르며 불꽃이 되살아났다. 엄마가 옳았다. 엄마는 언제나 옳았다. 누구도 나한테 뭐가 가능하고 불가능한지 함부로 말할 수 없다. 그는 나를 알지도 못하고 내 능력도 모른다. 누군가 내게 어떤 일을 할 수 없다고 말하면 나는 그 사람이 틀렸다는 걸 증명하기 위해 더욱더 독하게 노력하는 성격이다. 엄마도 도전 과제 앞에서 결코 물러서지 않는 성격이다. 엄마의 그런 성격을 내가 물려받는 게 틀림없다.

결과적으로 그 사람의 말은 내가 더 빨리 수영하고 더욱 강해지도록 하는 원동력이 되었다.

2011년 9월, 나는 캘리포니아 샌타클래라에서 열린 공식 수영 시합에 처음으로 참가했다. 그곳에서 위압감을 느낀 게 아니었다. 나는 노련한 베테랑들 사이에 낀 풋내기였다. 주변에 있던 모든 선수는 시합용 수영복 차림에 미국 대표임을 나타내는 수영모를 쓰고 있었고, 이런 시합이 익숙해 보였다. 그런데 나는 뉴햄프셔에서 온 신출내기일 뿐이었다. 2012 런던 패럴림픽이 고작 1년 남은 시점이었다.

내가 할 일은 최대한 빠르게 수영하고 시합 결과를 지켜보는 것이었다. 결론부터 말하자면, 나는 수영을 그저 남들보다 빠르게 한 정도가 아니라 미국 기록을 깨며 패럴림픽 대표선수 선발대회에 나갈 자격을 얻었고, 결국 국가대표팀에 들게 되었다. 고작 한 달 전에 시도조차 하지 말라는 이야기를 들었던 걸 감안하면, 실감이 안 될 정도로 엄청난 일이 일어난 것이다. 수많은 코치와 선수들이 얼빠진 표정을 지었다.

"뉴햄프셔에서 온 이 애는 누구야?"

느닷없이 나타난 나는 그야말로 파란을 일으키기 시작했다.

그러나 이제 시작일 뿐이었다. 수영에서는 기록을 단축하고 다양한 대회에 출전 자격을 얻는 게 가장 중요하다. 나는 여러 대회에 출전했고 미국 기록을 깨기도 했지만, 기록을 많이 단축하지는 못했다. 괜찮은 기록이었으나 패럴림픽에서 성과를 내기엔 부족했다. 부족한 점을 어디서부터 채워야 할지 알 수 없었다.

톰 코치는 매사추세츠 베벌리에 사는 존 오그던John Ogden 코치를 만나보라고 조언했다. 기존에 나를 도와주시던 니콜 코치에게 무척 감사하고 있었지만, 나는 훈련 강도를 높이고 장거리 연습을 해야 했는데 그건 그녀가 도와줄 수 없는 부분이었다. 베벌리 YMCA는 수영 프로그램으로 유명한 곳이다. 수영 시설에 도착하자마자 내가 제대로 찾아왔다는 직감이 들었다. 인상이 괄괄한 존 코치는 억센 악수로 나를 맞았다. 그리고 회의실에 들어가자 본론부터 말했다.

"목표가 뭐지?"

그가 무뚝뚝하게 물었다.

"패럴림픽 미국 수영 대표팀에 들어가서 런던에 가고 싶어요."

"6개월 만에 대표팀에 들어가 패럴림픽에 출전하고 싶다고?"

"네."

전에 코치들이 황당해하는 걸 솔직히 너무 많이 봐서 존 코치도 그렇게 황당한 표정으로 나를 볼 줄 알았다. 그런데 그는 의외로 미소 지으며 이렇게 물었다.

"목표를 금메달로 하는 건 어때?"

그 말을 듣고 바로 웃음을 터뜨렸다. 그리고 엄마를 보면서 고개를 저었다.

"그러면 좋겠지만 불가능하잖아요."

"뭐가 불가능해? 누가 그래?"

존 코치는 웃음기 없는 표정으로 나를 뚫어져라 쳐다봤다. 바로 그 순간 그가 농담하는 게 아니란 걸 깨달았다. 그는 진지했다. 내 생애 단 한 번도 그렇게 확신에 차서 자신만만하게 말하는 사람은 본 적이 없었다.

"지금 진지하게 말씀하시는 거예요?"

"물론이지. 나와 훈련하면 목표는 금메달이다."

나는 놀랐고 기뻤다. 나를 믿는 코치, 나보다 원대한 꿈을 품은 코치를 만난 건 난생처음이었다. 그는 나조차 보지 못한 것을 본 것이다.

"쉽지 않을 거다. 정말 열심히 노력해야 할 거야. 절대로 설렁설렁할 수 있는 일이 아니니까. 모든 걸 쏟아붓겠다고 약속해야 해. 하루도 빠짐없이, 매일 두세 시간씩 훈련할 거다. 이게 네 직업인 거야. 학교생활 외에는 훈련에만 매진해야 해. 그래도 할 거야?"

"할게요."

나는 약속했다.

당시에는 내가 어디에 발을 들인 건지 미처 몰랐음을 곧 깨달았다. 1.5km~2km 정도 수영했던 나는 어느새 (컨디션이 좋으면) 7km~9km 정도 수영하게 되었다. 살면서 그토록 압박감을 느끼고 자극받은 적이 없었다. 함께 훈련한 선수들은 학교 대표팀이거나 올림픽 국가대표 선발전을 준비하는 엘리트 선수들이었다.

수영장이 학교와 다른 점이 있다면 내가 다른 사람들과 동등한 대우를 받는다는 것이었다. 학교에서는 또래 학생들에게 무시당했지만 수영장에서는 또래 수영선수들이 내게 말을 걸어주었다. 그들은 내 휠체어만 보지 않았으며, 나를 평범한 사람으로 대했다. 도움이 필요할 때 도움의 손길을 내밀어주었고, 두 시간 정규 훈련을 마치고 녹초가 된 내게 존 코치가 40분 추가 훈련을 시키면 고생하는 나를 위해 환호성을 보내며 응원을 아끼지 않았다.

수영장에 있으면 동기부여가 되었고, 상처가 치유되었으며, 또래 아이들에 대한 믿음도 회복되었다. 수영장은 내가 소속감을 느끼고, 존중받으며, 동등하게 대우받는 곳이었다. 사람에게 상처받은 내게는 이런 곳이 꼭 필요하고 간절했다.

훈련을 시작한 지 얼마 되지 않아 효과를 보기 시작했다. 존 코치가 매주 훈련 강도를 높였기 때문에 물 밖으로 나가 휠체어를 밀고 탈의실에 갈 일이 막막하게 느껴진 날도 있었다. 팔이 완전히 젤리가 된 것 같았지만 그래도 기분은 최고였다. 살면서 이토록 나를 채찍질해본 적이 없었다.

아직 나는 운전면허를 딸 수 없었기에 엄마가 비가 오나 눈이 오나 하루도 빠짐없이 왕복 두 시간을 운전했다. 새벽 3시에 수영장으로 출발할 때나 날씨가 사나울 때면 우리 모두 정신이 오락가락했다. 어느 새벽에는 너무 피곤한 나머지, 천장 등을 켠다는 것이 그만 선루프를 열어서 엄청나게 쌓여 있던 눈이 차 안으로 쏟아진 적도 있었다.

존 코치는 내가 매일 두 시간씩 차를 타고 통근한다는 사실에 아랑곳하지 않고 1분만 지각해도 물속으로 들어가려고 수영장 데크를 지나는 내게 호스로 찬물을 뿌려댔다. 가끔은 내 수영 속도가 별로 빠르지 않다며 호스로 찬물을 뿌렸다. '동기부여가 될 것 같다'는 게 이유였다. 찬물 세례를 받는 게 유쾌하지는 않았지만, 코치가 나를 휠체어에 탄 특별한 아이로 대하는 게 아니라 다른 선수들처럼 평범하게 대하는 게 좋았다. 그리고 찬물 세례를 받으면 확실히 수영 속도가 빨라졌다.

수영을 대하는 나의 태도가 변하기 시작했다. 수많은 엘리트 선수에게 둘러싸여 있다 보니 정말로 빠르게 수영하겠다는 의지가 여느 때보다 확고해졌다. 처음에 내가 세운 목표는 한 바퀴 이상 뒤처지지 않는 것이었는데 나중엔 선두로 치고 나가 선두를 유지하는 게 목표가 되었다. 존 코치는 나도 미처 몰랐던 내 능력의 한계까지 나를 밀어붙였다. 그리고 내가 보지 못했던 내 안의 가능성을 보았다. 왜 이렇게 힘들게 훈련하고 남아서 추가 훈련까지 해야 하느냐고 물으면 존 코치는 이렇게 답했다.

"금메달 따고 싶어?"

"네"

"다른 선수들은 전부 너보다 훨씬 오래 전부터 훈련했어. 그 선수들을 따라잡는 데서 그치는 게 아니라 그 선수들보다 나아져야 하고, 빨라져야 하고, 강해져야 하거든."

존 코치의 말대로 사실 나는 잃어버린 시간을 만회하고 있었다. 잃어버린 시간을 찾겠다는 생각이 원동력이 되어 가끔은 제정신이 아닌 사람처럼 미친 듯이 훈련할 수 있었다. 그리고 나의 피나는 노력은 다음 대회 때 보상받았다.

"쟤는 지금 여기서 뭐 해?"

옆에 선 여학생이 자기 엄마에게 하는 말을 들었다. 여자애 엄마는 휠체어에 탄 나를 보더니 어이없다는 표정을 지었다.

우리는 800m 자유형 경기를 앞두고 있었다. 예선전 없이 딱 한 번 수영하고, 그 기록에 따라 순위가 매겨지는 경기였다. 수영장이 무척 커서 레인을 나눠 쓰게 되었는데, 한 레인에서 두 선수가 수영한다는 뜻이었다. 지역구 대회나 장거리 경기에서는 꽤 흔한 방식이었다. 800m 경기를 한 번도 뛰어보지 않았지만 존 코치는 내가 잘할 거라고 호언장담했다. 대체로 장거리 수영에서는 다리를 많이 쓰지 않기 때문이다. 발차기보다 중요한 건 지구력, 힘을 안배해 속도를 유지하는 능력, 추진력을 잃지 않는 능력이었다. 마음을 침착하고 냉정하고 차분하게 유지하는 것도 중요했다.

아빠가 나와 동행했는데, 아빠는 하키에는 전문가였지만 수영에는 문외한이었다. 아빠가 아는 건 스톱워치에 있는 빨간색 버튼을 눌러 내 기록을 재야 한다는 게 전부였다. 지역구 대회의 장거리 수영 경기에서는 선수 부모나 동료 선수가 기록 재는 일을 도와주곤 한다.

"우리 딸, 행운을 빈다."

아빠는 내 등을 두드리고, 나와 레인을 나눠 쓰는 선수의 엄마 옆에 섰다. 나에게 무례한 말을 했던 바로 그 선수였다. 그 선수가 먼저 출발했고 20초 뒤에 내가 출발했다.

수영 중에서도 장거리 수영을 하면 늘 마음이 평화로웠다. 여유를 가지고 천천히 그러나 확실히 전진하는 게 무척 좋았다. 장거리 수영은 완전히 정신력 싸움이다. 명상하듯이 몸과 마음에 힘을 빼야 하며, 나의 훈련량을 믿는 게 핵심이다.

「그냥 계속 앞으로 나아가는 거야.」

한창 수영하는데 수영장 한 편에서 존 코치가 한 바퀴 돌 때마다 속도를 더 내라고 몸짓하는 게 보였다. 내 훈련량을 믿었고, 매일 연습하는 양에 비하면 이건 아무것도 아니라는 생각이 들어서 코치가 하라는 대로 했다. 지시받은 대로 속도를 더 내자 나와 같은 레인을 쓰는 선수가 발차기하는 게 보였다. 발차기에 힘이 없어 보였다. 아직 갈 길이 반이나 남았는데 말이다. 조금 건방진 마음이 들어서 더 빨리 수영했다.

'쟤는 지금 여기서 뭐 해?' 그 말이 머릿속에서 울리고 또 울리며 그 아이를 추월하려는 욕심에 기름을 들이부었다. 흥분한 존 코치가 방방 뛰기 시작했고, 나는 그 아이를 추월했다. 깜짝 놀란 팀 동료들이 야단법석을 피우는 소리가 들렸고, 존 코치가 팔을 위아래로 흔드는 모습이 보였다. 200m 정도 남은 시점이었다. 나는 나머지 구간을 전력 질주하기로 했다. 양팔이 나는 듯 움직였고 정말이지 몸이 물 위를 활주하는 듯했다. 그때 깨달았다.

「시합에서 이길 수 있어. 저 아이를 꺾을 수 있어.」

그 여자애를 한 바퀴 따라잡고 먼저 벽을 터치했던 순간은 영영 잊지 못할 것이다. 내가 한 바퀴나 추월한 사실에 너무 흥분한 나머지 내 기록이 어떻게 나왔는지도 몰랐다. 수영 타이머로 변신한 하키 사나이 우리 아빠는 내 머리를 토닥이며 말했다.

"우리 빅토리아, 잘했다."

내가 인생 최악의 경기를 펼쳤더라도 아빠는 날 자랑스러워했을 것이다. 우리 부모님은 그런 사람이었다. 절대로 자식에게 부담감을 주지 않았고, 자기가 원하는 인생을 자식에게 대신 살게 하는 일부 '스포츠 부모'처럼 행동하지 않았다. 부모님은 그저 우리가 행복하고 즐거워하길 바랐다. 아빠는 내게 윙크하며 그 여자애 엄마 쪽을 보라고 눈치를 주었다. 그 엄마는 내가 본인 딸을 이겨서 무척 황당하다는 표정으로 앉아 있었다. 기분이 언짢은 게 분명했다. 그 순간을 즐겁게 음미하는데 존 코치가 소리를 지르기 시작했다.

"세계기록이다! 세계기록이야! 빅토리아가 세계기록을 깼어!"

세계기록에 대해 어렴풋이 알고는 있었지만 내가 세계기록을 깨리라고 생각해본 적은 없었다. 800m 자유형 경기에 한 번도 참가해본 적이 없었기 때문에 그저 시도한다는 데 의의를 두고 출전한 경기였다. 어린시절부터 기네스북이라면 환장을 했지만 내가 세계기록을 깰 줄은 전혀 몰랐다. 존 코치 밑에서 훈련하기 전에는 기록에 신경조차 쓰지 않았다. 그저 수영장 맞은편에 무사히 도착하기만 바랐었다.

「빅토리아, 넌 할 수 있어!」

그 순간 모든 게 변했다. 런던 패럴림픽 수영 종목에 800m 경기는 없지만, 이날의 경기로 패럴림픽 예선전에 나가는 데 필요한 마음가짐을 만들고 목표를 세우게 되었다. 이때 시합에서 얻은 에너지와 열정 덕분에 존 코치가 내 안에 그토록 지피려고 애썼던 불꽃이 활활 타올랐다.

* * *

한번 세계기록을 깨자 계속해서 세계기록을 갈아치우고 싶었다. 이제 세계기록 경신이라는 목표에 온 정신을 쏟았다.

「더, 더, 더 빨리!」

나는 범미 기록을 여러 번 깼고, 몇몇 세계기록에도 근접해가면서 패럴림픽 메달권에 들기 시작했다. 장거리 수영 경기들에서 세계기록을 경신했지만, 장거리 수영은 패럴림픽 종목에 없었다. 50m, 100m, 400m만이 런던 패럴림픽 종목이었고,

이 종목에 출전하는 게 내 목표였다.

존 코치는 내게 바위처럼 든든한 존재였다. 대회에 나가면 우리 두 사람만 존재하는 것처럼 느껴졌다. 다른 국가대표 선수들을 잘 모르던 때라서 이방인인 내가 늘 따뜻하게 환영받을 순 없었다. 하지만 나는 내 일에만 신경 쓰는 데 익숙했고, 존 코치가 옆에 있는 한 괜찮았다. 우리 두 사람에게는 훈련과 경기에 임하는 방식과 각오가 있었고, 팀으로서 우리의 목표는 단순명료했다. 무조건 금메달이었다.

피나는 훈련과 각종 대회를 거의 쉴 없이 소화하며 우리는 금메달을 향해 성큼 다가갔다. 존 코치는 내게 쉴 틈을 주지 않았다. 올인할 게 아니면 시도조차 말라는 거였다.

어린 시절부터 수영할 때 엄격하게 따르는 나만의 규칙이 있었다. 같은 에너지바만 먹었고, 파란색 게토레이만 마셨으며, 정해진 고글, 수영모, 수영복 차림을 했다. 수영 대회를 준비하는 방식도 아주 별났다. 이런 정신무장법을 보고 존 코치는 어이없어 했다.

하지만 내가 처음으로 세계기록을 경신한 후에는 존 코치도 그게 어떤 것이든 내게 도움이 된다는 걸 알게 됐다. 이제 따져 묻거나 어이없다는 듯 쳐다보는 대신 미소 띤 표정으로 내 수영모를 톡톡 두드렸다.

"그냥 빨리 수영하면 된다. 훈련한 대로 해."

의무적으로 참가해야 했던 패럴림픽 관련 대회 외에 내가 참가한 대회는 대부분 비장애인 대회여서 다리를 못 쓰고 휠체어에 탄 선수는 나뿐이었다. 하지만 더는 여덟 살 아이들에게 지지 않았고, 항상 선두 그룹에 들었다. 일등은 못하더라도 절대로 꼴등도 하지 않았다. '꼴찌만 하지 말자.' 내게 중요한 건 그뿐이었다. 꼴찌만 면하면 된다고 하는 게 이상하게 들리겠지만 너무 오랫동안 맨 뒤에 뒤처져 있어서 뒤에서 이등만 되어도 감사했다. 내가 강해지고 빨라지고 있다는 증거였기 때문이다.

하지만 머지않아 내가 일등이 되리라는 것을 알았다. 꼭 그렇게 될 작정이었다. 연거푸 꼴찌를 해보지 않으면 일등이 되는 일이 얼마나 감사한지 진정으로 깨닫지 못한다. 꼴찌를 하면 수치스럽고 화가 나고 좌절감이 들지만, 그만큼 일등으로 들어오는 순간이 황홀하고 짜릿해지는 것이다.

갇혀 있으나 소망을 품은 자들아.
너희는 요새로 돌아올지니라.
내가 오늘도 이르느라.
내가 네게 갑절이나 갚을 것이라.

스가랴 9:12

맙소사, 내가
패럴림픽 국가대표가
되다니

"세계기록이 경신되었습니다!"

내가 물 위로 떠오르자 관중들이 환호성을 질렀다. 식물인간 상태에서 깨어난 이후론 소음과 인파를 힘들어 했기 때문에 주변을 둘러보며 상황을 파악하려고 했다. 조금 전 장내 방송에서 세계기록이라는 단어를 들은 것 같았다. 경기하느라 흥분된 마음을 가라앉히고 옆 라인 선수에게 몸을 기울이고 물었다.

"맙소사. 누가 400m 세계기록을 깬 거야? 정말 대단하다."

"네가 깼어. 축하해."

그 선수는 당연한 사실을 말하듯이 대답했다.

「뭐? 내가? 내가 이 많은 사람 앞에서 세계기록을 깼다고?」

2012 런던 패럴림픽 수영 국가대표 선발전 첫째 날, 자유

형 400m 경기를 치렀다. 불과 몇 달 전까지만 해도 자유형 400m에 어떻게 임해야 하는지도 몰랐다. 전력 질주로 헤엄치는 법에 관해 전반적으로 무지했기에 400m 경기는 포기하자 마음먹었었다.

발차기로 추진력을 얻을 수 없던 나는 장거리 경기보다 단거리 경기가 훨씬 어려웠다. 특정 속도 이상으로 팔을 빠르게 움직이는 일은 무척이나 고되었다. 400m에서 세계기록을 깼다는 이야기를 들었을 때 나는 입이 떡 벌어질 수밖에 없었다. 이 대회에서 좋은 성적을 내야 미국 수영 국가대표로 무사히 선발될 수 있었다. 존 코치를 믿었고, 그의 코칭과 훈련법에 따라 녹초가 될 때까지 훈련한 결과였다.

「코치님이 정말로 자랑스러워하시겠지?」

나는 빠르게 존 코치가 내 휠체어를 갖고 서 있는 수영장 한쪽 구석으로 헤엄쳐갔다. 그의 성격상 크게 칭찬하지 않을 걸 알았지만, 정말이지 그는 그답게 이 한마디만 했다.

"더 빨리 수영할 수도 있었잖아."

그날 내가 그에게 들은 칭찬 비슷한 말은 이게 다였다. 세상 누구보다 빨리 수영했는데도 존 코치는 내가 더 빨리 수영하길 바랐다. 바로 이런 점 때문에 그가 단순히 좋은 코치가 아니라 훌륭한 코치라고 생각한다. 내가 대회에서 세계 최고 기록을 세운 후에도 존 코치는 내게 언제든지 더 좋은 기록을 세울 수 있다고 말하는 사람이기 때문이다.

많은 사람이 어떤 목표를 성취하거나 기록을 세우면 거기에 만족한다(그게 잘못되었다는 뜻은 아니다). 하지만 존 코치와 나는 항상 내 능력을 넘어서는 목표와 비전을 품었다. 그리고 내가 끊임없이 목표를 세우고 도전해야 한다고 생각했다. 만족하고 자축하는 일이 나쁘다는 건 아니지만, 위로 올라가는 일을 멈춰선 안 되는 것이다.

나는 언제나 이렇게 되뇌었다.

「계속 갈구하라. 더 빨리 수영하라. 목표에서 한시도 눈을 떼지 마라.」

대회 후반부에 400m 자유형에서 다시 한 번 세계 신기록을 세웠고, 50m 자유형과 100m 평영에서 범미 신기록을 세웠다.

그런데도 존 코치는 같은 말만 반복했다.

"더 빨리 수영할 수도 있었잖아."

시합 때마다 나는 정말로 더 빨리 수영했지만, 우리 두 사람은 절대로 안주하지 않았다. 대표팀 선발이 아직 확정되기 전이었기 때문에 속 편히 앉아 승리를 음미할 수가 없었다. 실은 대표팀에 들어가지 못할까 봐 초조하고 불안했다. 신기록을 세 개나 세웠지만 내 이름이 호명되기 전까지는 내가 대표팀에 들어갔다고 생각하지 않기로 했다.

존 코치와 나는 다가오는 대회와 시합에 집중했다. 식물인간에서 깨어난 후 처음으로 다른 사람들을 앞질러 가면서도, 뒤처져 있는 사람처럼 수영하고 훈련했다.

존 코치는 이렇게 말했다.

"국가대표가 되는 일에 연연하지 마. 시합에 임하면 빨리 수영하는 데만 집중해. 내가 너한테 바라는 건 그게 다야. 나머지는 저절로 따라오거든."

시합을 치를 때마다 나는 더 빨라졌고 신기록을 세웠으며 사람들의 선망을 샀다.

"빅토리아 알렌! 2012 패럴림픽 미국 수영 국가대표로 선발된 것을 축하합니다!"

내 이름이었다! 불과 3년 전에 움직일 가망이 없다는 통보를 들었던 바로 그 소녀가 패럴림픽 미국 국가대표로 호명된 것이다.

* * *

국가대표 선발전이 열린 노스다코다주 비스마크에 위치한 어느 강당에서 나는 다른 선수들 이름이 모두 호명되는 것을 기다리며 앉아 있었다. 무릎 위에 올려둔 배낭을 꽉 쥐었다. 'Team USA, 2012'라고 쓰인 배낭이었다. 몇 사람이 추가로 호명되었고, 대부분의 선수는 호명되지 않았다. 어떤 선수들은 기뻐서 팔짝팔짝 뛰는 반면에 오랫동안 죽어라 훈련했지만 호명되지 않아 울면서 떠나는 선수들도 있었다.

국가대표로 선발된 선수들은 안내를 받으며 강당에서 나가 회의실로 향했다. 잠깐 엄마를 껴안고 고맙다는 말을 할 겨를이 있었다. 엄마 뺨 위로 눈물이 줄줄 흘러내리고 있었다. 존 코치는 다른 경기 때문에 자리에 없어서 문자로 소식을 전했는데, 답장을 받고 헛웃음이 나왔다.

"잘됐네. 다시 훈련할 때다. 더 빨라져야지."

회의에 참석한 선수들은 국가대표팀 규칙, 국기 및 국가(國歌) 관련 예절, 올림픽과 패럴림픽의 역사에 관한 기나긴 설명서가 담긴 폴더를 받았다.

맙소사, 내가 런던에 간다니. 꿈을 꾸는 게 아니라 실제 상황이었다! 그리고 당시에는 몰랐는데 바깥에는 취재 열기가 폭풍처럼 휘몰아치고 있었다.

보스턴에 도착하자마자 휴대폰이 울려대기 시작했다. 주요 언론사에서 인터뷰 요청이 쏟아졌다. '뉴햄프셔 출신 선수가 수영 스타 엘리 시먼즈Ellie Simmonds의 기록을 깨다', '런던에서 펼쳐질 십대들의 전쟁'과 같은 헤드라인이 나갔다.

갑자기 언론을 상대해야 했다. 내 사연을 이야기해달라는 요청은 처음이었다. 하지만 내 사연을 이야기하고 싶지 않았다. 야단법석도 싫고 호들갑 떠는 사람들도 별로였다. 그저 내 할 일을 하면서 우리 가족과 하나님께 자랑스러운 딸이 되고 싶을 뿐이었다.

그러나 언론에서 내 사연을 알고 끊임없이 연락하기 시작했다. 사연을 자세히 풀어놓는 순간 날 가만두지 않을 것 같았다. 그래서 가능한 한 두루뭉술하게 말하면서 식물인간 상태로 주변 자극에 반응할 수 없었던 시기는 대충 넘어가려고 했다. 수영과 런던에 초점이 맞춰지길 바랐기 때문이다. 하지만 언론은 계속 내 사연을 캤고, 어느새 나는 '세계인에게 영감을 주는 인물'이 되어 있었다. 매스컴 출연과 훈련 사이에서 줄타기하는 일은 대단히 어려워서 내 시간을 즐길 여유가 없었다. 그리고 존 코치의 기준에서 내가 별로 열심히 훈련한 것 같지 않으면 추가 훈련을 해야 했다.

설상가상으로 또 다른 폭풍우가 기다리고 있었다.

장애인 선수들은 국제 패럴림픽 위원회(IPC)가 인가하는 대회에 출전하기 전에 IPC에서 시행하는 장애 등급 판정을 무조건 받아야 한다. 수영선수의 경우 벤치프레스 테스트와 수영

테스트로 장애 등급을 판정받는다. 벤치프레스 테스트 때는 벤치프레스 능력에 따라 점수를 매기는 방식으로 신체검사를 한다. 각 사지와 근육을 일일이 확인하는 광범위한 검사 후에 점수를 낸다.

그다음에 수영 테스트를 하는데, 이때는 완전히 다른 방식으로 점수를 매긴다. 수영 경주하는 모습을 보고 최종 등급이 정해진다. 장애 등급 판정을 받을 때마다 나는 대체로 S6을 받았다. S는 종목(자유형, 접영, 배영)을 나타내고, 등급은 1(가장 심각한 수준의 장애)부터 10(가장 경미한 수준의 장애)까지로 나뉜다.

국가대표 선발전에서 내가 세계기록을 두 번 경신하자 몇몇 사람이 내 장애 등급을 의심했다. 장애 등급에 의문이 제기되었다는 이메일이 날아왔다. 세계에서 75등을 할 때는 내 장애 등급을 의심하는 사람이 없더니 1등이 되자 곧바로 상황이 돌변했다.

예전에 자신의 장애 상태를 속여 패럴림픽에 참가한 선수들이 있었나 보다. 처음 그 이야기를 들었을 때는 웃음이 터져 나왔다.

「그런 짓을 하려면 머리가 돌아도 단단히 돌아야겠는데요? 좀 믿어주세요. 할 수만 있다면 절대 장애인으로 살고 싶지 않아요. 휠체어 신세인 게 너무 싫다고요.」

올림픽이 열리는 해에 그야말로 느닷없이 등장한 나를 사람들은 의심쩍어했다. 이해는 되지만 그들은 내가 생사를 오가는 투병을 하고, 식물인간 상태에서 깨어나고, 몸을 움직이고 음식을 먹고 정상적으로 활동하는 법을 다시 배우고, 팔로만 수영하는 법을 연습했던 지난 6년의 여정을 몰랐다.

나는 내 장애를 증명하는 엄청난 양의 서류를 준비해야 했고, 패럴림픽에 참가해 재심사를 받아야 했다. 마음이 무너졌다. 그저 훈련에 집중하면서 시합 일정을 짜고 싶었다. 또, 우리 가족은 패럴림픽 경기를 보려고 티켓도 사고 여행 계획도 세우고 있었다. 그런데 내가 다른 장애 등급으로 분류된다면 일정이 모두 뒤집어져서 우리 가족이 내 경기를 보지 못할 수도 있었다. 대가족이 나를 보러 런던에 오기 때문에 가족들이 경기를 놓치게 되는 상황은 너무 싫었다.

존 코치는 내가 탈선하지 못하게 했다.

"훈련으로 승화해. 그쪽에서 어떻게 나오든 우리는 준비되어 있을 거야. 네가 준비된 거지."

존 코치는 인정사정 봐주지 않았지만, 나의 역량을 알고 내가 '더 뛰어나게, 더 강하게, 더 빠르게'만 생각할 수 있도록 도와주려고 했다. 존 코치와 나는 물과 기름 같기도 했다. 그는 나를 아슬아슬한 지경까지 밀어붙였고 내 화를 돋우려면 무슨 말을 해야 하는지 정확히 알았다. 어쨌든 덕분에 나는 더 빨리 수영할 수 있었다.

존 코치는 내 가능성을 알고 훈련 내내 뛰어난 역량을 보여주길 기대했다. 그러다 보니 내가 기록을 경신하지 못하거나 기록 근처에도 가지 못하면 상응하는 대가로 더 힘든 과제를 주었다. 호스로 찬물 세례를 받을 때도 있었다. 두 시간짜리 훈련이 끝난 후에도 나를 남겨서 불가능해 보이는 기록을 내라고 했다. 그가 정한 기록을 내지 못하면 기록을 낼 때까지 시도하고, 또 시도해야 했다. 훈련이 세 시간을 넘길 때도 있었다. 이런 식으로 훈련하는 게 피곤하고 짜증났지만 은근히 좋기도 했다. 어쨌든 존 코치는 옳은 말만 했다. 대회에 나갈 때마다 나는 빨라졌고 실력에 자신감이 붙었다. 국제무대를 위한 특훈이었다.

먹고, 수영하고, 자기. 출전할 때까지 무한 반복하기.

정신을 차려보니 합숙 훈련을 위해 독일로 향하는 비행기 안이었다. 나는 거의 모든 수영선수와 친해졌고 금세 가족 같은 사이가 됐다. 그전에는 해외에 나가본 적도 없었고 이렇게 먼 거리를 휠체어를 타고 여행해본 적도 없었다. 이 모험을 즐기자는 생각만 했을 뿐 솔직히 별다른 기대는 없었다. 비행기에서 잠자는 기술을 아직 터득하지 못해서 슈투트가르트에 도착했을 때는 거의 24시간째 깨어 있었다. 정신이 아득할 정도로 피곤한 상태로 우리는 미군 기지에 도착했고, 미군 기지에 사는 여러 군인 가족을 호스트 가족으로 소개받았다.

나를 슈투트가르트 시내에도 데려가고 교회에도 데려간 멋진 호스트 가족을 만난 건 행운이었다. 그들 덕분에 못 견디게 그립던 가족의 온기를 느낄 수 있었다. 하나님의 축복 같던 호스트 가족은 내게 독일을 구경시켜주면서 향수를 덜어주었다.

장애 등급 재심사를 받아야 했던 나는 다른 수영선수 몇 명과 함께 독일을 떠나 런던에 가야 했다. 우리는 무척 상심했다. 미국 국가대표팀 환영 행사를 놓치게 됐기 때문이다.

최고 레벨 등급 분류사 두 명이 나를 판정하도록 배정되었다. 이른 아침에 밝은 분위기에서 두 사람을 만났다. 그들에게 제공된 두툼한 서류는 횡단척수염으로 인한 내 척수 손상을 증명하고, 내가 가진 다양한 상반신 장애를 자세히 기술한 자료였다. 여전히 낫지 않고 문제를 일으키는 손과 팔의 근경직도 내용에 포함되어 있었다.

검사실은 수영장 관중석 아래에 있었으며 흰색 콘크리트 벽면엔 창문이 없었다. 미국 팀 연락관인 에린이 나와 동행했는데 우리는 1년 전에 내가 처음으로 장애 등급 판정을 받았을 때 만났다. 등급 분류사들이 검사실에 들어와 내 손을 확인했다. 당연히 근육이 경직된 상태였다. 에린과 나는 두 시간을 더 기다렸다. 기다리고 또 기다렸다. 하지만 아무도 검사실에 들어오지 않았다.

"무슨 일일까요?"

"잘 모르겠어요. 이렇게 오래 걸릴 일이 아닌데요."

에린이 걱정스러운 표정으로 말했다. 작년 경험에 비추어보면 장애 등급 판정은 시작해서 끝날 때까지 보통 한 시간이 걸리지 않는다고 했다.

똑똑.

등급 분류사들이 마침내 검사실에 돌아와 우리 쪽으로 걸어왔다. 순간적으로 속이 메스꺼운 느낌이 들었다. 두 사람은 눈길을 주고받더니 에린을 쳐다봤다. 그런데 나하고는 눈을 맞추지 않았다. 그리고 내가 영영 잊지 못할 말을 했다.

"장애가 있는 것은 분명합니다만 장애 등급을 판정할 수 없습니다."

"뭐라고요?"

가슴이 철렁 내려앉았다. 바로 그 순간, 이건 단순히 내 장애 등급에 관한 문제가 아니라는 사실을 깨달았다. 뺨 위로 눈물이 주체할 수 없이 쏟아졌다. 등급 분류사들은 눈을 내리깔고 내 시선을 회피했다. 그리고 고갯짓을 하더니 검사실에서 나가버렸다. 에린이 등급 분류사들을 쫓아가 설명을 요구했지만 거절당했다. 미국 팀에 소속된 등급 분류사인 줄리가 뛰어 들어와서 무슨 영문인지 물었다. 에린이 자초지종을 설명하자 줄리는 즉시 두 명의 등급 분류사와 이야기하러 갔다. 망연자실했다. 혼이 쏙 빠진 탓에 그다음 몇 분 동안 무슨 일이 있었는지 기억이 흐릿하다. 에린이 휠체어를 밀어 나를 탈의실로 데려갔고, 나는 그녀에게 안겨 울었다.

"왜 이런 일이 생긴 거죠? 내가 뭘 잘못했는데요? 이해가 안 돼요."

"빅토리아, 이건 옳지 않아. 우리 측에서 진상 규명을 할 거야."

에린도 나도 이게 보통 불합리한 일이 아니란 걸 알았지만, 손 쓸 도리가 없었다. 어떤 문제든 설명이나 근거가 없으면 더 견디기 힘든 법이다. 정신이 없는 와중에 간신히 부모님께 전화를 걸었다. 두 분은 이제 막 런던에 도착한 참이었다. 나는 거의 말을 잇지 못했다.

"나보고 경기에 참가할 수 없대요."

"왜?"

"모, 모르겠어요."

뚝.

전화를 끊자 휴대폰이 손에서 미끄러졌다. 산전수전을 다 겪고 온갖 불운을 극복하며 여기까지 왔는데, 내 눈을 쳐다보지도 않는 두 명의 등급 분류사가 내게 장애 등급을 판정하는 자신들의 의무를 수행하지도 않으면서, 그 이유조차 설명해주지 않았다.

다행히도 미국 대표단이 발 벗고 나서 주었다. 줄리는 심지가 군세고 결의로 가득 찬 여성이어서 절대 불의를 참지 않았다. 변호사들이 동원되었고 싸움이 시작되었다. 머리가 멍했다. 그날 오후에 런던에 도착해 있던 나머지 미국 선수들이 금세 내 소식을 들었다. 나는 아무하고도 이야기하고 싶지 않았고 그저 혼자 있고 싶었다. 코치들이 부모님을 선수촌으로 데려왔다는데, 내가 할 수 있는 일은 그저 울고 또 우는 일뿐이었다. 심장이 반으로 쪼개지고 산산이 조각나는 듯했다. 정말이지 가슴이 미어졌다.

나는 미국을 대표해 세계무대에 서는 이 순간을 꿈꿔왔다. 바로 이곳 말이다. 그런데 여기까지 와서 나는 지금 탈의실 화장실에 앉아 처참하고 혼란스럽고 분통 터지는 기분을 느끼고 있었다. 부모님에게서 다시 전화가 왔지만 말도 제대로 할 수 없었다.

「부끄러워 죽겠어. 잘못한 일도 없는데.」

어린 시절에 커서 어떤 사람이 되고 싶으냐는 질문을 받은 적이 있었다. 머릿속에 떠오른 것은 빛나는 금메달뿐이었고, 나

167

의 수영 영웅인 제니 톰프슨Jenny Thompson처럼 올림픽 금메달을 따고 싶었다. 그때 그린 그림을 기억한다. 막대기 같은 몸통에 비해 너무 크게 그린 얼굴에는 함박웃음이 피어 있고, 목에는 반짝이는 메달이 걸린 그림이었다. 올림픽을 선망하며 언젠가 올림픽 무대에 서리라 꿈꾸던 어린 빅토리아가 떠올랐다. 올림픽 수영 경기장, 선수촌, Team USA라고 쓰인 국가대표 선수용 물품, 금메달을 딸 기회……. 드디어 내 꿈이 이뤄진다고 생각했고, 고통스러운 식물인간 상태에서 빠져나오려고 고군분투했던 지난 2년의 세월을 여기서 전부 보상받을 줄 알았다. 그런데 꿈이 이뤄지기는커녕 끔찍한 악몽이 펼쳐졌다. 그중 최악은 내가 이렇게 부당한 일을 당해도 될 만큼 잘못한 일이 없다는 거였다. 그저 열심히 훈련하고 빨리 수영했을 뿐이었다. 이 정도 수준에 도달하려면 마땅히 해야 하는 일이기도 했다. 여기까지 오려고 죽어라 훈련했는데, 나는 무얼 위해 그렇게 열심히 훈련한 걸까?

「다 끝났나? 너무 꿈같은 일이라 실현되지 못하는 걸까? 불공평해. 정말 다 불공평해.」

동료 선수들이 선수촌의 축제 분위기를 즐기며 개막식 준비를 하는 동안 나는 앞일을 알 수 없어 절망했다.

엎친 데 덮친 격으로 언론에서 이 사실을 알고 마구 떠들었다. 어딜 가나 타블로이드 잡지, 신문, TV 쇼에 내 얼굴이 도배되어 있었다. 나는 인터뷰 요청을 거부하고 입을 닫았다. 그냥 혼자 있고 싶었다.

「제발 나를 내버려 둬!」

그래서 기도하고 믿음을 가졌다. 내 손을 떠나 하나님 손에 달린 일이었다.

「제발, 하나님. 하나님이 간절히 필요해요.」

독일에서 합숙하는 동안 친구이자 동료인 코트니와 기도 모임을 시작했다. 알고 보니 우리 팀에는 신실한 신앙인이 상당히 많았다. 이때 기도가 가진 힘을 깊이 깨닫게 되었는데, 특히 함께하는 기도의 힘을 절실히 깨달았다. 인생에서 가장 시끄러웠던 그 시기에 신앙 공동체가 있었던 건 축복 그 이상이었다.

겨우 탈의실에서 나와 선수촌으로 돌아간 나를 코트니가 양팔 벌려 맞아주었다. 또 다른 친구이자 동료인 브래드도 있었다. 두 사람은 내 옆에 앉아서 나를 안아주고 위로와 희망의 말을 들려주었다. 나는 최대한 속상한 티를 내지 않으려고 했다.

「속으로 삼키고 호흡해. 넌 괜찮아. 아픔을 묻어. 그냥 묻어버려. 네가 제일 잘하는 일이잖아.」

"호텔로 가서 가족하고 함께 있을래?"

미국 팀 매니저인 퀴니가 다정하게 물었다.

"감사해요. 그런데 괜찮아요."

우리 팀을 위해 숙소에 머물며 평소와 같은 분위기를 유지하고 싶었다. 사랑하는 룸메이트들의 경기에 혹여나 부정적인 영향을 끼치지 않길 바랐다. 가족과 함께 있고 싶었지만 숙소에 머물러야 한다는 것도 알았다. 단체 활동에 항상 협조적인 팀원이고 싶었기에 혼자 떠나지 않을 생각이었다. 엄마가 선수촌에 도착하자 엄마 무릎 위에 대아처럼 웅크리고 한참을 울고 말았지만, 슬퍼도 숙소에 머물러야 했다.

비록 내 세계는 우뚝 멈춰 섰지만, 패럴림픽은 한창 무르익어가고 있었다. 전 세계에서 온 선수들이 내뿜는 기쁨, 흥분, 긍지가 공기를 가득 메웠다. 여기 있는 모든 선수가 패럴림픽에 출전하는 쾌거를 거두었고, 꿈을 이뤘으며, 대회를 즐기고 있었다. 그래야 마땅했다. 선수들에겐 그럴 자격이 있었다. 함께 즐기고 싶은 마음이 굴뚝같았지만, 살짝 기분이 들떴다가도 금세 눈물이 뚝 떨어졌다.

도저히 털어버릴 수 없었던 나는 전에도 힘든 일이 있으면 밥 먹듯이 사용했던 나만의 대처법으로 다시 무장했다. 모든 감각을 마비시키고 아무 감정을 느끼지 않으면서 멍하게 있는 것이다. 무감각해지면 고통을 받아들이기가 쉬워진다. 무감각해지는 게 좋은 대처법이냐고 묻는다면 아마 아닐 것이다. 하지만 어차피 지금은 공평하게 수영할 기회를 얻는 것 말고는 아무것도 해결책이 될 수 없었다.

2012년 8월 29일, 개막식이 열렸다. 우리 팀과 행진하는데 뺨 위로 눈물이 줄줄 흘러내렸다. 하지만 최선을 다해 웃으려고 했다.

'긍지를 갖자. 표정 관리하고.'

미국 팀 코치 중 한 명인 톰이 스타디움 행진 때 내 휠체어를 밀었다. 톰과 나는 가까운 사이였다. 톰은 나를 믿어주었고, 나와 함께 기도했으며, 나를 위해 기도했다. 톰과 코트니와 브래드 덕분에 계속 하나님을 믿으면서 굳세게 버틸 수 있었다.

「기억하라. 끔찍하게 시작된 일이 멋진 결말로 이어지기도 한다.」

영원 같았던 기다림과 잠들지 못했던 여러 밤이 지나고 미국 대표단의 노력 덕분에 내 사건이 스포츠 중재 재판소에 회부되었다. 미국 대표단은 어마어마한 양의 의료 기록과 서류를 모았다. 내가 패럴림픽에 참가할 자격이 있다는 것을 증명하는 자료였다. 이렇게 증거가 넘쳐나는 데다가 등급 분류사들이 내 장애 등급 판정을 거부하여 규칙을 어긴 사실까지 더해지자, 영국 총리인 데이비드 캐머런은 '스포츠가 정치적 사안이 되어

선 안 된다'고 공개적으로 논평하며 엘리 시먼즈와 나 사이의 경쟁을 언급하기도 했다. 정치는 내가 어찌할 수 없는 영역이었고 안타깝게도 내 편이 아니었다. 하지만 모든 난리 끝에 독립적인 중재 위원들이 내 편을 들어주었고 나는 등급 재심사를 받게 되었다.

「하나님, 감사합니다.」

드디어 이 일을 털고 등급 재심사를 받은 뒤 시합 준비를 할 수 있었다. 사소한 문제가 하나 남긴 했지만 말이다. 문제의 등급 분류사가 온데간데없이 사라진 것이다. 이틀을 더 기다린 끝에 첫 번째 시합인 400m 자유형 경기 하루 전에 등급 재심사 일정이 잡혔다.

줄리가 등급 재심사에 동행해주었는데, 우리는 재심사가 진척 없이 제자리걸음 하는 것을 즉시 알아차렸다. 온갖 생각이 머리를 스쳤다.

앞서 말했듯이 장애 등급 판정은 보통 최대 한 시간이 걸린다. 그런데 나의 경우 거의 네 시간이 걸렸다. 줄리는 언짢아했고 나도 지칠 대로 지쳤다. 등급 분류사들은 내 의료 기록을 살피며 이미 시행한 검사에서 얻은 점수를 또다시 계산하고 있었다. 이전 장애 등급 판정 때는 한 번도 받은 적 없던 추가 검사를 받았고, 내 질환에 관한 맹렬한 질문 세례가 쏟아졌다.

등급 분류사들은 내가 무언가 숨기고 있다고 의심하는 투로 말하며 나를 응시했다. 하지만 내겐 숨길 것이 하나도 없었다. 의료 기록이 내 신체장애를 증명했다. 오히려 내 장애 정도는 그들에게 비치는 것보다 심각했다. 나는 벤치프레스 검사를 했고, 수영 검사를 했으며, 다시 한 번 벤치프레스 검사를 한 다음, 협응 능력 검사를 했다. 등급 분류사 한 명은 심지어 이렇게 말했다.

"우리가 왜 이렇게까지 하는지 모르겠어요. 이 선수한테 장애가 있는 게 확실하잖아요."

「제발 그냥 수영하게 해주세요. 제발요.」

영원처럼 느껴졌던 무의미한 질문 끝에 비로소 그들은 'S6에 배정되었습니다'라고 말했다.

터무니없이 길고 힘들었던 검사에 대해 한마디 사과도 없이 그들은 떠났다. 하지만 솔직히 이쯤 되자 아무래도 상관없었다. 그저 시합하고 싶은 마음뿐이었다.

모두가 함께
기적을 만들다!

2012년 9월부터 2013년 6월까지

“자기 자리에 서시오.”

삑!

2012년 9월 1일, 그날 현장에 경기를 보러 온 관중은 2만 명이 넘었고, 전 세계 수백만 명의 시청자가 중계방송을 지켜보고 있었다. 내 첫 번째 공식 시합인 400m 자유형 경기가 있는 날이었다. 나는 세계 신기록 보유자였고 장애 등급 판정 논란으로 세간의 이목을 끈 탓에 출발대로 가서 서자 면전에 카메라 세례가 쏟아졌다. 수상 경기장에 시끌벅적한 소리가 울려 퍼졌고, 물속으로 들어가는데 심장마비가 올 것 같았다. 모든 사람이 ‘십대들의 전쟁’을 보고 싶어 했다. 나는 겁에 질렸다. 물이 피부에 닿자 온몸이 주체할 수 없이 떨렸다.

「빅토리아, 넌 할 수 있어. 하나, 둘, 셋, 후!」

떨리는 마음을 진정시키려고 팔을 돌릴 때마다 숫자를 세며 관중석 쪽에서 나는 소리를 듣지 않으려고 했다. 내가 선두였지만, 엘리가 내 뒤를 바짝 따라오는 게 느껴졌다. 아드레날린이 솟구친 탓에 처음부터 너무 속력을 냈다는 것을 곧 깨달았다. 50m를 남겨놓고 내 팔은 기력을 다했고, 나는 젖 먹던 힘까지 짜냈다. 소인증인 엘리는 팔과 다리를 모두 사용할 수 있는 반면에 나는 팔만 사용할 수 있었다. 우리 두 사람이 경쟁하는 게 어떻게 공정하다는 건지 나로선 이해되지 않았지만, 작은 키와 하반신 불구가 맞먹는다는 게 이들 논리인 듯했다.

관중석이 더욱 시끌벅적해졌다. 아니나 다를까, 엘리가 본격적으로 물장구를 치며 나를 추격해왔다. 나는 물속에 고개를 처박고 묵묵히 수영했지만, 마지막 50m에서 추진력을 더해줄 두 다리가 없는 내가 훨씬 불리한 입장인 걸 알았다.

400m 경기 금메달은 엘리에게 돌아갔지만 나는 은메달로도 꽤 만족했다. 불과 2년 전만 해도 고개를 거의 가누지 못했고 물속에서 형제들의 부축을 받아야만 했던 게 떠올랐다. 거의 움직이지도 못했던 내가 이제 빛나는 은메달을 목에 걸었다. 솔직히 말하면, 겁에 질려 수영복에 실례하지 않은 것만으로도 무척 행복했다.

「와! 이 관중들이며 수영장 좀 봐. 내가 여기 있다니. 내가 해냈구나!」

내게서 빛이 뿜어져 나오는 것처럼 느껴졌다. 메달을 따는 일보다 좋은 일은 없었다. 비로소 긴장이 풀리고 패럴림픽을 즐길 수 있게 되었다. 이번 시합은 단순한 시합이 아니었다. 내가 넘어선 또 하나의 산이었고, IPC 소동과 장애 등급 판정 논란으로 인한 두려움과 불안감을 극복했다는 의미가 있었다.

「마침내 수영에만 집중할 수 있게 됐구나.」

다음 며칠은 훈련하고, 시합하고, 팀 동료들을 응원하면서 정신없이 지나갔다. 나는 50m 자유형과 400m 자유형 계영에서 은메달 두 개를 더 땄다. 계영 결승전 당일에 내가 계영 주자로 선발되었다는 이야기를 들었다. 열한 살 이후로 계영은 처음이었고, 출발대에 서서 입수하는 것과 앉아서 입수하는 것은 차원이 달랐다. 그런데도 나는 계영 두 번째 주자가 되었으며, 발을 쏠 수 없는 유일한 선수였다. 이전 경기에서 거둔 빠른 기록 덕분에 막판에 계영 주자로 투입된 것이다. 우리 계영 팀은 호흡을 맞춰 시합해본 적이 한 번도 없었는데, 우리 적수는 꽤 막강한 선수들이었다. 하지만 불리한 여건에도 우리 팀은 영국 팀을 꺾고 은메달을 쟁취하여 파장을 일으켰다.

모든 일이 순조롭게 진행되는 것 같았다. 마지막에서 두 번째 경기였던 100m 배영 경기를 치르기 전까진 말이다.

「뭔가 이상해.」

어린 시절, 내 주 종목은 배영이었고 언제나 코치들에게서 배영에 매진하라는 조언을 들었다. 배영에서 발차기를 하지 않고 부드럽게 전진하기란 여간 힘든 일이 아니다. 하지만 나는 끊임없이 연습했고 그 노력을 보상받아 런던에 간 시점에는 동일한 장애 등급 선수 중에서 100m 배영으로 세계 2위였다. 즉 이번 경기에서 나는 메달권 선수였다.

그러나 세계 1위 선수는 나보다 나이가 거의 두 배나 많았는데 정말이지 야수 같은 선수라서 그녀의 기록은 거의 분 단위가 달랐고 아무도 그 기록에 범접하지 못했다. 나는 어떤 배영 경기에 참가하든 불안하고 자신이 없었다. 그런데도 배영을 하는 유일한 까닭은 코치들의 조언을 차치하더라도 내가 100m 배영에서 처음으로 미국 신기록을 세웠기 때문이었다. 배영은 내게 특별했다. 그런데 경기 당일에 몸이 무척 좋지 못했다. 근경직이 심해져 고생하고 있었는데 배영을 할 때마다 근경직이 오는 것 같았다. 대부분 운동선수는 자신이 할 수 있을 때와 없을 때를 안다. 본능 혹은 직감처럼 느낌이 확 드는 것이다.

「이번엔 못 하겠다.」

물에 뛰어들자마자 내가 할 수 없다는 걸 알았다. 몸이 뻣뻣하게 굳었고 레인 끝에 도착하는 일이 여느 때보다 힘들었다. 관중들에게는 내가 괜찮아 보였을지 몰라도 나를 잘 아는 사람들에게는 아니었다. 극심한 근경직에도 불구하고 물에 빠지지 않고 가까스로 경기를 마쳤다. 나를 물 밖으로 끌어낸 코치는 판자처럼 딱딱하게 굳은 내 팔과 주먹을 쥔 채 오그라든 내 손을 보았다. 하지만 몸보다 눈이 더욱 아픔을 호소하고 있었다. 눈물이 뺨을 따라 주체할 수 없이 흘러내렸다.

패럴림픽에 참가하는 동안 선수들은 경기마다 다른 코치를 배정받는다. 그날 내게 배정된 코치가 톰 프랭키였던 것은 우연이 아닌 듯했다. 톰 코치는 내게 하나님, 신앙, 믿음에 관해 많은 걸 가르쳐주었고, 등급 재심사 소동 때 큰 도움이 되어준 사람이었다. 톰 코치는 나를 물 밖으로 꺼내 휠체어에 앉힌 뒤 수건으로 나를 감싸고는 소리치는 기자들과 촬영 기사들을 얼른 지나쳤다. 방패처럼 나를 보호해준 톰 코치 덕분에 매스컴은 근육이 굳은 채로 울고 있는 내 몰골이 얼마나 엉망진창인지 보지 못했다. 그렇지 않아도 매스컴은 나에 대해 실컷 입방아를 찧으며 온갖 견해며 논평을 쏟아내고 있었다.

톰 코치는 조용한 장소를 찾고선 내 앞에 무릎을 꿇고 앉았다. 나는 흐느끼느라 제대로 말을 할 수가 없었다. 결승전에 진출하지 못했고 메달을 딸 기회를 잃어서 처참한 심경이었다. 운동선수라면 피해갈 수 없는 것이지만 패배는 언제나 쓰라리다. 하지만 모두가 지켜보는 국제무대에서 패배하면 기분이 더욱 처참하다. 메달 후보로 꼽히는 상황에서 결승전에 진출하지 못한 일은 받아들이기가 무척 힘들었다.

"제, 제가 사람들을 실망시켰어요. 정말 죄송해요."

톰 코치는 나를 바라보며 고개를 저었다.

"빅토리아, 너는 아무도 실망시키지 않았어. 기나긴 한 주였잖아. 오늘은 운이 따라주지 않은 거야. 그런데 그거 알아?"

"뭘요?"

"이제 이틀 동안 푹 쉬면서 다음 경기를 준비할 수 있어. 너를 위한 경기잖아. 100m 자유형 말이야."

그가 옳았다. 오늘 일이 일어난 데는 이유가 있는 것 같았다. 배영에서는 금메달을 딸 가망이 없지만 100m 자유형에서는 금메달을 딸 가능성이 있었다. 이틀 동안 온전히 쉬면서 경기를 준비하게 된 데는 분명히 어떤 메시지가 있었다. 지난주 내내 스트레스에 시달리느라 정신이 없어서 충분한 여유를 가지고 시합을 준비하지 못했다. 실은 매스컴에서 야단법석을 피우고 장애 등급 판정 논란에 휘말린 탓에 여태껏 제대로 정신 무장을 하고 경기에 임한 적이 없었다.

그러므로 여러 면에서 이번 패배는 하나님이 주신 선물이었다. 후퇴하는 게 아니라 더 멋지게 재기하려고 재정비하는 시간이었다. 나는 이 교훈을 내가 제일 좋아하는 크리스천 작가인 조엘 오스틴Joeal Osteen에게서 배웠다. 드디어 평화롭고 차분하게 몰입할 시간이 주어졌다. 그 시간 동안 내가 얼마나 축복받은 사람인지, 어째서 수영을 사랑하는지 생각해봤다. 나는 몇몇 선수들과 달리 스폰서를 위해 수영하지 않았다. 하나님, 가족, 특히 할머니를 위해 수영했다. 할머니는 내 경기를 보러 런던에 가야 한다는 일념으로 큰 수술에서 간신히 회복했다. 내가 죽을 만큼 아팠을 때도 변함없이 응원을 보내준 사람이 할머니였다. 이런 여러 이유 때문에 나는 여기 있었고 빛나고 싶었다.

경기 당일엔 항상 긴장되고 떨린다. 시합이 있는 날이면 불안한 마음에 수영 가방을 쌌다가 풀었다가 하면서 휠체어를 타고 왔다 갔다 했다. 그런데 그날은 달랐다. 아침에 일어나면서 경기에 대해 전혀 생각하지 않았다. 대신에 날이 얼마나 아름다운지, 선수촌에 있어서 얼마나 기쁜지 생각했다. 내 이름 '알렌'이 새겨진 미국 국가대표 수영모를 갖는 게 꿈이었던 어린 시절을 떠올리며 'Team USA'라고 적힌 수영모를 손에 쥐었다. 꿈이 이뤄졌다. 이곳에 내가 있었다. 2주 만에 처음으로 모든 게 실감 났다. 내 삶을 비롯해 수영 경기와 패럴림픽에 그늘을 드리웠던 가슴 아프고, 시끄럽고, 혼란스러운 일은 끝났다. 나만 빼고 이곳 모든 선수가 느낄 것 같았던 기분을 처음으로 느꼈다.

「들뜬다. 기분이 끝내줘.」

비로소 내가 해냈다고 말할 수 있었다.

유독 마음이 여유롭고 즐거웠던 그날은 다른 날들과 완전히 달랐다. 런던에 도착한 후로 자취를 감추었던 경쾌하고 유쾌한 마음이 이제야 돌아왔다. 나는 여느 때보다 더욱 단단히 준비되어 있었다.

「지금 주인공은 나야.」

내가 자신만만한 건 오로지 하나님 덕분이었다. 뱃속 깊숙한 곳에서부터 이번 시합은 다를 거라는 느낌이 들었다. 이틀 동안 쉬면서 우리 팀의 스포츠 심리학자와 상담할 수 있었는데 그게 엄청난 도움이 되었다. 내게 간절했던 조용한 기도 시간도 가질 수 있었는데, 이 여정에서 가장 힘든 전쟁을 치르던 시기에도 나는 하나님 품에서 평화를 찾았다. 하나님을 신뢰하고 믿으며 모든 걸 맡긴 덕분에 여기까지 올 수 있었다.

나는 미신적인 습관을 정확히 지켜야 하는 사람이지만, 이번 시합을 위해 완전히 새로운 전략과 목표를 도입했다. 초콜

릿칩 쿠키 에너지 바를 먹고, 파란색 게토레이를 마시고, 행운을 가져다주는 수경과 수영복을 착용하고, 머릿속으로 경기를 복기하는 것 외에 할 일을 하나 더 추가했다. 경기를 '출발, 질주, 턴, 완주'라는 네 부분으로 나눈 체크리스트로 생각하는 것이었다. 그리고 이 네 가지에만 집중했다.

"자기 자리에 서시오."

삑!

나는 순식간에 입수했다. 이제 체크리스트를 지워나갈 시간이었다.

「출발…… 체크.」

수면에 떠오르자마자 양팔을 최대한 빠르고 효율적으로 움직였고, 팔로 수면을 가를 때마다 물을 가능한 한 많이 움켜쥐려고 했다.

「질주…… 체크.」

어느새 벽에 도착했다. 100m 자유형 경기에서 가장 중요한 건 턴이다. 턴을 할 때 선두를 빼앗을 수도 있고 빼앗길 수도 있기 때문이다. 엘리를 비롯한 다른 선수들이 내 뒤를 줄줄이 쫓아오고 있었다. 어떤 독일 선수는 거의 내 턱 끝까지 쫓아왔다. 정말로 완벽한 턴이 필요한 순간이었다.

「턴…… 체크.」

이제 됐다. 지금은 내가 주인공이었다. 눈물 흘리고 가슴 아파했던 모든 시간이 연료가 되어 수년 전에 꺼져버린 내 안의 불씨를 되살려주었다.

「힘내, 빅토리아.」

관중석에서 나는 소리를 들으며 주변 선수들을 의식했던 런던에서의 지난 경기들과 달리, 이날 경기 때는 완전히 다른 장소에 온 것 같았다. 내가 가진 또 다른 습관이자 경기 집중력을 유지하는 데 굉장히 중요한 습관은 속으로 원 리퍼블릭_{One republic}의 노래 '굿 라이프'를 부르는 것이다. 원 리퍼블릭은 내가 제일 좋아하는 밴드인데, 처음으로 세계 신기록을 세웠던 시합 때 '굿 라이프'가 머리에 맴돌았다. 굳이 말하지 않아도 알겠지만, 그 후에도 그 노래가 뇌리를 떠나지 않았다. 내 상황에 딱 어울리는 노래였고, 이 노래는 패럴림픽의 시끄러운 광기를 덮어주었다.

25m 표식에 다가가는데 머릿속에서 이런 노랫말이 울려 퍼졌다.

「정말 좋은 인생 같아. 좋고 멋진 인생!」

흥분감에 흠뻑 도취된 나는 물속을 활주하며 웃지 않으려고 무진 애를 썼다. 2년 전에 처음으로 물속에 들어간 순간이 떠올랐다. 그때 얼마나 무서웠는지, 윌리엄이 어떻게 나를 부축하며 무서워하지 말라고 다독여주었는지도 떠올랐다.

「두려워하지 마. 계속 수영해. 그냥 계속하는 거야. 이제 더 는 잃을 것이 없고 얻을 것들뿐이잖아.」

그 순간, 경기 결과가 어떻든 나는 해냈다는 생각이 들었다. 나는 시련을 통과했다. 단지 생존하는 데 그치지 않고 위풍당 당하게 살아남았다. 우리 가족은 힘들고 애통한 시절을 통과해 여기까지 왔다.

「하나님, 감사합니다.」

마음이 온통 노랫소리와 감사함으로 가득 차서 내가 다른 선수들을 완전히 앞지른 줄도 몰랐다.

「빅토리아, 수영장 바닥만 보면서 호흡하는 데 집중해. 너는 할 수 있어.」

"여러분, 전광판 시계를 주목해주십시오. 세계기록이 경신 되었습니다. 빅토리아 알렌이 금메달을 차지하는군요!"

1분 13초. 내 손이 일등으로 벽에 닿았고 나는 세계 신기록 을 경신했다. 그 찰나에 모든 게 그대로 멈춘 듯했다. 관중들도 물도 나도 얼어붙은 것 같았다. 하지만 곧 정신이 번쩍 돌아오 며 내가 방금 무슨 일을 해냈는지 깨달았다.

「해냈어. 내가 정말로 해냈다고! 내가 우승한 거야!」

지난주 경기들에서 자꾸 2등을 하는 데 익숙해져 있었다.

그래서 전광판에 뜬 내 이름 옆에 숫자 '1'과 세계기록을 의미하는 글자 'WR'을 보자 눈이 휘둥그레졌고 기쁨이 북받쳐 올랐다. 관중들 틈에서 우리 가족을 찾았다. 가족들은 관중석 위쪽에 자리 잡고 있었다. 틀림없이 놀란 가슴을 안고 황홀해하고 있을 것이었다. 우리 가족을 위한 순간이었고, 우리 가족을 위한 경기였다. 그 순간은 지금껏 우리가 흘린 눈물과 우리가 견딘 고통을 전부 보상해주었다. 어떤 단어도 그 순간과 그 후에 내가 느낀 감정을 제대로 형용할 수가 없다.

메달을 받고, 미국 국기가 올라가고, 미국 국가가 울려 퍼지자 드디어 실감이 났다. 이 여정이 시작된 이래 처음으로 내가 남들을 앞서가고 있었다. 너무 오랜 시간 동안 남들 뒤를 쫓아가느라 이 순간을 맞이하기 전까지 나는 '승리한다는 것', '앞서간다'는 것이 어떤 느낌인지 몰랐다. 그런데 이 순간이 내 모든 걸 바꿔놓았다.

심지어 존 코치도 날 칭찬해주었는데, 그는 미국에서 경기를 지켜보는 중이었다.

"빅토리아, 잘했다. 완벽한 경기였어."

안 그래도 기쁜데 칭찬까지 듣자 하늘을 나는 기분이었다.

우리 가족과 재회하기 전에 탈의실 내 자리로 갔다. 내가 서럽게 울며 간절하게 기도했던 곳이었다. 차분한 마음으로 메달을 손에 쥐고 눈을 감았다.

「하나님, 감사합니다. 이 메달은 하나님 거예요. 하나님이 진정한 금메달리스트세요.」

스포츠 경기에서 최고의 순간은 금메달을 따는 순간이라고 흔히들 착각한다. 오해하지는 말길 바란다. 금메달을 따는 순간보다 더 경이로운 순간은 금메달을 따고서 세상에서 제일 사랑하는 사람들과 재회할 때다. 영광을 차지하는 순간은 즐겁고, 국가가 울려 퍼질 땐 황홀하며, 관중의 함성은 짜릿하다. 하지만 아빠, 엄마, 형제들, 고모, 이모, 할머니, 할아버지, 친구들 얼굴을 볼 때의 기쁨은 정말이지 차원이 다르다. 내가 세상에서 제일 사랑하는 사람들, 내가 꿈을 이룰 수 있도록 열심히 싸워준 사람들, 나를 믿어주는 사람들, 이들과 함께 영광을 누려야 했다.

우리는 지옥을 거쳐 행복에 도달했다. 이제는 고통의 눈물이 아닌 기쁨의 눈물을 흘렸고, 지금이 마지막 순간이 될지도 모른다는 두려움에 부둥켜안은 게 아니라 기쁜 일을 축하하기 위해 서로를 부둥켜안았다. 드디어 다시 삶을 살 시간이었다. '돌아왔구나, 빅토리아. 다시 삶을 살 시간이야.'

***

10월부터 5월까지, 패럴림픽 후 몇 개월 동안은 매스컴에 출연하고, 손만 써서 운전하는 법을 배우고, 다시 학교생활을 하느라 정신없이 지냈다. 나는 고등학교 3학년에 진학했다. 그런데 날 놀리며 푸대접했던 아이들이 뜬금없이 나와 친해지고 싶어 했다. 확실히 금메달이 지닌 후광효과가 대단했다. 금메달을 따자 비로소 날 받아주었다는 게 어처구니없지만, (느닷없는 유명세와 주변의 호들갑에도 불구하고) 고등학교에서의 마지막 해를 그나마 평범하게 보낼 수 있다는 데 감사했다.

'2013년 졸업생. 캐머런 알렌, 빅토리아 알렌, 윌리엄 알렌.'

금메달을 딸 때도 기뻤지만 쌍둥이 형제와 함께 졸업할 때도 그만큼 기뻤다. 6학년부터 고등학교 1학년까지의 교과 과정을 통째로 놓친 터라, 다시 학교에 간다는 것 자체가 내게는 큰 부담이었다. 불리한 여건도 많았고 넘어야 할 산도 많았다. 하지만 우리 가족, 친구들, 선생님들, 나의 훌륭한 담당자와 학생지도 상담사 덕분에 뒤처진 부분을 따라잡을 수 있었다.

대다수 선생님은 내가 어째서 5년 과정을 3년 안에 끝내려고 서두르는지 이해하지 못했다. 하지만 나는 내 몸 안에 갇힌 걸 깨달았던 바로 그때부터 남들에게 뒤처진 느낌을 떨칠 수 없었다. 우리 가족은 늘 내 곁에 머물며 나를 저 뒤에 혼자 내버려두지 않았지만, 그래도 가족들의 삶은 나보다 앞으로 나아갔다. 그래서 삶을 되찾은 나는 흐름에 맞춰 흘러가는 데 만족하지 않고 내가 놓친 것을 전부 되찾고 싶었다. 옆에 앉아 구경만 하는 대신에 다시 경기를 뛰고 싶었다.

하지만 아직도 내가 이해할 수 없는 게 너무 많았고, 그것들을 이해하기 위해서 나는 결국 속도를 늦춰야 했다.

민음을 켜고,
공포를 끄는 방법

_____

2013년 6월

「대체 왜?」

오른쪽 옆구리를 칼로 찌르는 듯한 극심한 통증이 느껴졌
던 바로 그날부터 '왜'라는 질문이 뇌리를 떠나지 않았다.

어떤 의사나 전문가도 속 시원히 대답해주지 못했다. 횡단
척수염(TM) 때문에 몸이 마비된 건 다들 알았지만, 내가 식물
인간이 된 까닭은 설명하지 못했다. 그래서 내 질환은 '원인 불
명의 뇌염'으로 분류되었다. 깨어난 이후로도 쭉 다시 식물인간
상태에 빠질까 봐 두려웠고, '대체 왜 그랬을까?'라는 궁금증을
안고 살았다. 하반신 마비인 것을 빼면 건강이 거의 회복되었
지만, 원인을 알 수 없어 불안한 마음을 떨칠 수가 없었다.

「어째서 나한테 그런 일이 생긴 걸까? 그건 정확히 어떤 일

이었을까? 또 그러지는 않을까?」

해답을 찾기 위해 횡단척수염 분야에서 세계 최고 권위자로 꼽히며, 메릴랜드 볼티모어에 위치한 존스 홉킨스 병원에서 근무하는 의사와 약속을 잡았다. 의사들을 별로 좋아하지 않게 된 내가 의사와 이런 약속을 잡은 것은 나름대로 큰 결심이었다. 엄마와 할머니가 병원까지 동행해주었지만 진료실에는 혼자 들어가기로 했다. 그런데 의사가 놀라울 만큼 친절했다. 내가 겪은 일을 설명하자 의사는 귀 기울여 듣더니 예전 뇌 스캔을 다시 들춰보았다. 나는 다른 의학 전문가들이 하나같이 입을 모아 들려준 설명을 또다시 듣게 되리라고 짐짓 예상하고 있었다.

그런데 그가 뱉은 말은 내 예상을 완전히 빗나갔다.

"ADEM이에요. 급성 파종성 뇌척수염의 약자죠. 교과서 같은 케이스였네요."

의사는 ADEM이 TM에서 파생되는 질환이기는 하지만, 두 질환이 동시에 덮친 탓에 내가 죽을 뻔했다고 설명했다. 스캔을 보면 뇌와 척수에 명백한 손상이 있었다. 드디어 해답을 찾았고, 내게 무슨 일이 일어났는지 정확히 알게 돼서 안도했다. ADEM도 TM도 희귀한 질환이었고, 두 질환이 복합적으로 일어나는 경우는 더욱 희귀했다.

내가 아프기 시작한 2006년에는 존스 홉킨스 병원 같은 전문 기관을 제외하면 TM과 ADEM에 관한 정보가 거의 전무했다. 2010년이 되어서야 더 많은 의사와 병원이 두 질환에 대해 깊이 알게 되었다. 어떤 신경계 장애든 마찬가지지만 병명을 적극적으로 찾는 태도가 가장 중요한데, 전에 나를 진료한 의사들은 적극적이지 않았다.

ADEM은 자가면역성 질환이다. 즉, 우리 몸의 면역계가 건강한 세포와 조직을 외부 침입자로 착각하고 공격하는 것이다. 다음은 미국 다발성 경화증 협회의 설명이다.

> ADEM이란 뇌, 척수, 때로는 시신경에 일어나는 심각한 급성 염증 반응(붓기)을 일컫는다. 염증으로 뇌의 수초(신경 섬유를 감싸는 흰색 피막)가 손상된다. ADEM을 칭하는 또 다른 용어로는 '감염 후 뇌척수염', '면역 매개성 뇌척수염' 등이 있다.

횡단척수염도 성격이 비슷하며 척수에 염증을 일으킨다. 모든 경우라고 해도 좋을 만큼 대부분의 경우 ADEM과 TM은 각기 따로 일어난다. 보통 환자는 둘 중 하나의 질환을 앓지, 둘을 한꺼번에 앓지는 않는다. 그런데 대평원을 가로지르며 엄청난 파괴력으로 지나는 길에 있는 건물들을 뽑고 사물들을 파괴하는 폭풍처럼, 두 질환이 한 달 사이에 돌발적으로 나를 기습했다. ADEM과 TM은 내 삶을 심각하게 망가뜨렸고 끔찍한 고통과 상실을 안겨주었다. 그리고 천진한 어린 시절과 인생의 몇 년을 내게서 훔쳐갔다. 아직도 나는 폭풍이 지나간 자리에 남은 조각들을 모으려고 애쓰고 있다.

해답을 얻고 나자 기쁨, 안도감, 슬픔, 혼란스러움, 분노가 뒤범벅된 감정이 나를 덮쳤다. 의사가 해주는 설명을 이해하려고 애쓰다가 나는 무방비 상태로 다음 말을 들었다.

"피할 수도 있는 일이었네요."

의사는 스테로이드 몇 방이면 염증 반응이 신체를 파괴하고 목숨을 앗아갈 뻔한 상황을 피할 수도 있었다고 말했다. 병이 진행된 초기에 치료했다면 회복할 가능성이 가장 높았다고도 했다. 가슴이 철렁 내려앉았다. 울어야 할지, 비명을 질러야 할지, 뭐라도 주먹으로 쳐야 할지 알 수 없었다. 이 공포감과 좌절감이 낯설지 않았다. 내 몸에 갇혀 있을 때 느꼈던 바로 그 감정이었다. 몸이 얼어붙는 듯했다. 영원히 멈추지 않는 회전목마 위에서 몸이 그대로 굳어버린 듯했다.

「빙빙 돈다. 돌고 또 돌아. 빅토리아, 호흡해. 숨 쉬라고!」

마음을 가라앉히자 새로운 사실을 알게 되었다. 만약 전에 만난 의사들이 내 질환을 심신증으로 치부하지 않고 적극적으

194

로 병명을 찾았더라면 나는 아프지 않을 수도 있었고, 내가 상실한 것들을 상실하지 않을 수도 있었다. 초기에 병의 진행 속도가 상당히 느렸던 나는 치료를 받으면 후유증도 거의 없이 비교적 좋은 결과를 얻을 수 있는 완벽한 조건을 갖추고 있었다. 대부분 경우 ADEM과 TM은 급속히 진행되며 환자는 수시간 만에 신체 기능을 모두 상실할 수 있고, 치료를 받아도 효과가 미미할 수 있다. 반면에 나는 초기에 병의 진행 속도가 느렸기 때문에 치료에 잘 반응했을 가능성이 굉장히 높았다. 그런데 정확한 진단을 받기는커녕 여러 의사에게 비웃음과 수모를 당했고 미쳤다는 말까지 들었다. 몇 년이나 그랬다.

「나는 미치지 않았던 거야.」

나를 도울 수 있었고, 도와야 했던 의사들이 내게 미쳤다고 했다. 나는 응급실에 매일같이 달려갈 필요도 없었고, 업신여기는 말을 들을 필요도 없었으며, 정신병 위장 시설에 입원할 필요도 없었다. 괜한 세월을 낭비한 것이다.

수년 동안 어째서 그 많은 의사와 간호사가 내게 미쳤다고 하는지 혼란스러웠다. 나의 정신이 온전하다는 걸 알았지만, 미쳤다는 말을 너무 자주 듣자 마음 한 편으로 내가 정말 정신병자가 아닌지 의심하며 걱정하고 있었다.

「나는 미치지 않았다. 나는 미치지 않았다. 나는 미치지 않왔다.」

같은 말을 계속 중얼거렸다. 내가 그 말을 믿게 되길 바라는 마음에서였다. 숨을 고르는데 분노와 안도가 함께 밀려왔다. 진실이 내 안에 스며들자 조금씩 울음이 새어 나왔다.

「믿어도 돼, 빅토리아. 넌 미치지 않았어. 한 번도 미친 적 없었고.」

나머지 상담 시간은 기억이 흐릿하다. '나는 미치지 않았다'라는 세 어절의 문장이 머릿속에서 반복 재생되며 그다음에 들은 말들을 덮어버렸다. 내가 충격적인 소식을 접한 뒤에 엄마도 상담에 참여했다. 나중에 엄마가 말하길 의사가 내 다리 기능 회복에 도움이 될 만한 몇 가지 재활치료를 알려주었다고 했다. 하지만 내가 다시 걸을 가능성은 희박하므로 재활치료를 위해 집을 담보로 대출 받지는 말라고도 했단다. 사실 재활치료의 주된 목적은 하반신 마비에서 오는 여러 합병증과 척추측만증을 완화하기 위함이었다. 나는 여전히 심한 통증에 시달리고 있었는데, 의사는 재활치료가 통증 완화에 도움이 되는지 보고 싶어 했다.

엄마와 할머니하고 집으로 돌아가는 차 안은 조용했다. 나는 의사가 준 ADEM과 TM에 관한 자료 한 무더기를 불안하게 훑어보고 있었다. 진단서를 보자 감정이 북받쳐 오르고야

말았다. 드디어 해답을 찾았으니 마침내 털고 나아갈 수 있었다. 내 인생의 7년을 집어삼켜버린 격동의 여정을 정리하고 애도할 수 있는 것이다.

「드디어 끝인가.」

내게 무슨 일이 있었던 건지 마침내 알게 되자 기분이 이상했고 참을 수 없이 화가 났다. 나는 굳이 겪지 않아도 되는 일을 겪었다. 모두 피할 수 있었던 일이었다. 반드시 일어나야 했던 일은 하나도 없었기에 마음의 평화를 찾기가 더 힘들었다.

「호흡해, 빅토리아. 괜찮아. 어차피 과거로 다시 돌아갈 수 없어.」

살다 보면 어째서 나쁜 일이 일어나는지 이해할 수 없을 때가 많다. 다른 사람 탓으로 생긴 일이든 자연재해 때문이든, 벌어진 일을 받아들이고 마음의 상처를 치유하는 데는 지름길이 없다. 사람마다 대처법이 다르니까. 고통에 대처하는 나의 방법은 감정을 억누르고 속으로 삼키는 것이다. 그러다가 상황과 감정을 더는 감당할 수 없는 지경이 되면, 그때 와르르 무너진다. 하지만 나는 그렇게 무너지기까지 상당히 버티곤 했다.

희망을 품었다는 이유로
퇴출당하다

2013년 8월부터 9월까지

런던에서 성공적으로 대회를 마친 후, 스코틀랜드에 사는 친척들을 보려고 딱 일주일 동안 훈련을 쉬었다. 그리고 보스턴에 돌아오자마자 훈련을 다시 시작했다. 새벽 3시 기상 알람에 일어나는 일도, 존 코치와 길고 고된 운동을 하는 일도 다시 시작이었다. 그는 '금메달 하나로는 부족하다'라고 했다.

새해가 밝으면 다시 대회 시즌이었고, 나는 캐나다 몬트리올에서 열리는 2013년 세계선수권대회에 출전할 계획이었다. 1년 동안 탄탄하게 훈련해둔 상태였고 더는 신출내기도 아니었기 때문에 내가 앞으로 어떤 기록을 세울지 기대가 되었다. 런던 패럴림픽 당시에는 국제 대회에 출전해본 경험이 없었다. 관중이 100~200명쯤 되는 국내 대회에서 시합하는 것과 관중이 2200명쯤 되고 동시에 수백만 명이 텔레비전으로 지켜보는 국제 대회에서 시합하는 것은 하늘과 땅 차이였다. 큰 규모의 스포츠 행사는 대체로 취재 열기도 뜨겁고 사건 사고도 많다. 나는 세계선수권대회에서 별일이 일어나지 않기를, 그래서 미국 국가대표팀의 일원으로서 대회를 즐기며 수영에 집중할 수 있기를 바랐다.

하지만 안타깝게도 나의 바람은 이루어지지 않았다. 국세장애인올림픽위원회(IPC) 등급 분류사들은 나를 내버려두지 않았다. 엄청난 양의 의료 기록을 이미 제출했고, 런던에서 혹독한 등급 재심사를 받았지만 그걸로 끝이 아니었다. 마지막으로 장애 등급 판정을 받은 2012년 9월에서 1년이 지나면, 몸에 변화가 없는지 확인하는 차원에서 등급 재심사를 받으라는 결정이 난다. 세계선수권대회는 2013년 8월이었다. 9월이면 대회가 이미 끝난 후니까 그전까지는 등급 재심사를 걱정할 필요가 없겠다고 생각했다. 그런데…….

"IPC에서 9월까지 기다리지 않고 8월에 등급 재심사를 하기로 결정했대요."

우리 팀 매니저인 퀴니가 확정된 사실을 통보하듯 말했다.

"농담이죠?"

중요한 대회가 열리는 도중에 등급 재심사를 하는 것은 굉장히 불합리하다고 생각한다. 그렇게 하면 선수들 마음이 심란해지고 경기력이 떨어지기 때문이다. 내가 런던에서 등급 분류사들에게 그렇게 시달리지 않았다면 어떤 일을 해냈을지 아무도 모른다. 나는 마지막 경기 전날 밤이 되어서야 겨우 컨디션을 회복할 수 있었다.

이번에는 런던에서 있었던 일이 절대로 되풀이되지 않게 할 작정이었다. 또다시 시합을 치르며 수모를 당하고 싶지 않았다. 나는 좋은 기록을 내고 있었고, 연습 경기에서 세계 신기록을 거듭 경신했다. 국가대표팀 코치들은 굉장히 흥분해서 내가 세계선수권대회에 참가하도록 독려했다. 여러 코치가 내게 런던에서 있었던 일이 절대로 되풀이되지 않을 것이며, 이번 등급 재심사는 형식적인 것이라고 장담했다.

나는 사람들이 하는 말을 차츰 믿게 되었고 세계선수권에 출전하는 데 동의했다. 존 코치와 함께 본격적인 대회 준비에 돌입했다. 스폰서들이 나를 주목하기 시작했고, '리우 패럴림픽을 향한 여정'을 주제로 한 홍보물과 티저 광고가 이미 나가고 있었다.

내 최대 과제는 엘리의 최고 기록을 넘어서는 게 아니었다. 런던 패럴림픽 이후 엘리는 부진한 성적을 내고 있었다. 지나치게 자신만만하거나 잘난 척하고 싶지는 않지만, 몬트리올에서 엘리를 꺾을 수 있다는 확신이 들었다. 다시 한 번 십대들의 전쟁이 될 테지만 이번에는 공평하게 겨뤄볼 수 있었다. 부족했던 훈련량을 채웠고, 이미 엘리를 조금 앞질렀을 수도 있었다. 나는 더 이상 재기에 성공한 선수가 아니었다. 다른 선수들이 넘어서야 하는 존재였다.

* * *

2013년 몬트리올 세계수영선수권대회를 위해 뼈 빠지게 훈련했다. 우리 가족과 친구들은 시간과 에너지를 들여 내게 무한한 격려를 보내주었다. 이들의 응원에 힘입은 나는 팔꿈치와 어깨 과다 사용으로 인한 심각한 부상에도 아랑곳하지 않고 계속 앞으로 밀고 나갔다. 내가 훈련하는 동안 우리 가족은 미국 팀 코치, 변호사, 패럴림픽 위원 등 여러 사람과 이야기를 나누었고, IPC에서 벌이는 소동을 인지하고 있었다.

돌이켜보면, IPC와 그곳 CEO가 의도적으로 나를 시합에서 배제하려고 했던 불길한 징조가 보인다. 첫째, 나는 런던 패럴림픽 후에 사람들 입에 제일 많이 오르내리는 선수 중 한 명이었는데도, 몬트리올 세계수영선수권대회 홍보 영상에서 빠졌다. 둘째, 세 경기 중 두 경기에서 내가 엘리보다 좋은 성적을 냈는데도, 엘리만 홍보 영상에 포함되었다. 나는 엘리의 최대 적수였고, 엘리의 기록을 감안하면 그녀의 지위를 위태롭게 할 유일한 적수였다. 게다가 세계수영선수권대회 예선전 때 50m 자유형과 100m 자유형 경기에서 엘리가 대회 참가 자격 요건을 충족하는 기록을 내지 못했는데도, 엘리에게 참가 자격이 주어지는 재량적 결정이 내려졌다는 게 수상하다.

이 일이 엘리 탓이라고 생각하지는 않는다. 승부사적 기질을 지닌 우리 두 사람은 서로 겨루는 걸 즐겼고, 나는 엘리를 굉장히 존경한다. 이 일의 책임 소재는 우리보다 훨씬 높은 곳에 있었다.

또 다른 불길한 징조는 6월에 있었다. 몬트리올에서 대회가 열리기 몇 주 전, ABC 방송국 계열사인 WMUR 방송국에서 우리 가족과 나에게 우려 섞인 이메일을 보냈다. WMUR은 세계수영선수권대회에 가서 내 경기를 취재하려고 취재팀 파견 준비를 하며 IPC에 이메일을 보냈고 내 경기 일정을 요청했다. 그런데 IPC는 WMUR에 회신한 이메일에서 내가 세계수영선수권대회에 참가하지 않는다고 말했다. 이때는 IPC에서 내 장애 등급이 석연치 않다는 입장을 내 코치들이나 나에게 표방하기 전이었다. 패럴림픽 미국 위원들이 어찌된 영문인지 묻자 IPC는 실수로 내 이름이 명단에 포함되지 않았으며, 내 이름을 누락한 것 같다고 해명했다. A로 시작하는 내 성은 언제나 명단 맨 위에 위치하는데도 말이다.

이런 사건들이 있었지만 그래도 나는 내게 일어나고야 만 그 일이 정말로 일어날 줄은 꿈에도 몰랐다. 미국 올림픽 위원회는 런던에서 있었던 일이 똑같이 일어나지 않을 거라고 나를 안심시켰다. 그들이 옳았다. 그보다 더 끔찍한 일이 일어났으니까.

다가오는 IPC와의 면담이 단지 형식적인 거라고 들었기 때문에 모든 일이 잘 풀릴 거라고 믿기로 했다. 당연히 불안했지만 불안함을 훈련으로 해소하면서 만반의 준비를 했다. 어쨌든 국가대표팀의 일원이 된 것은 영광이었고, 우리 팀원들을 위해 그 자리를 지키고 싶었다.

어느새 몬트리올로 떠나는 비행기 안이었다. 긴장되기도 했지만 이번 시합은 정말 자신 있었다. 내가 어떤 결과를 낼지 기대되었다. 런던 패럴림픽이 끝난 후에 오래 쉬지 않았고 정말로 열심히 훈련했다. 그리고 1년 전과 비교해 크게 달라진 점이 있었다. 1년 전 나는 약 5개월밖에 훈련하지 않은 상태였다. 물에서의 내 잠재력이 모두 발현되지 않았던 것이다. 하지만 이제는 훈련량이 상당히 누적된 상태였고 내가 최고 수준으로 훈련하고 시합할 수 있도록 도와주는 팀이 있었다. 나는 내게 주어진 몫을 해냈고, 매 순간 수영에 모든 것을 쏟아부었다. 꼭두

새벽에 일어났고, 다음 날 훈련을 위해 졸업파티에서 먼저 일어났으며, 사생활 없이 살았다. 모두 이번 대회와 2016년 리우 패럴림픽을 비롯한 다음 대회들을 위해서였다.

하지만 그토록 굳은 각오로 열심히 훈련했지만 결국 나는 아무런 결실도 맺지 못한 채 차를 타고 뉴햄프셔로 돌아왔다. 내 장애를 면밀하게 기술한 백 쪽이 훌쩍 넘는 의료 기록에도 불구하고 IPC는 더 많은 걸 원했다.

한 달 전에 존스 홉킨스 병원을 찾았던 까닭은 새로운 정보를 얻고 마음의 평화도 얻기 위해서였지만, 한편으로는 이렇게 저명한 기관에서 준 진단서라면 IPC를 확실히 만족시킬 거라는 생각도 있었다. 존스 홉킨스 병원의 내 담당의는 내가 하반신 마비라는 구체적인 진단서를 제공해주었다.

담당의가 무척 친절하고 세심한 사람이었기에 그에게 다른 질문도 했다. 나를 수년 동안 괴롭혔으며 아직도 마음 한구석에 똬리를 틀고 있는 그 질문이었다. 나는 다리 기능을 회복할 가능성, 다시 걸을 수 있는 가능성이 얼마나 되는지 물었다. 담당의는 무척 친절하게도 나보고 재활치료를 받아볼 수 있다며 최근 척수 연구 결과를 알려주었다. 하지만 기적이 일어나야 다시 걸을 수 있을 거라는 솔직한 견해도 덧붙였다.

그런데 담당의에게 물은 그 간단한 질문 하나가 엄청난 후

폭풍을 몰고 올 줄은 몰랐다. 희망을 품었다는 이유로 내게 엄청난 희망을 주었던 일을 망치게 되고 빼앗기게 될 줄은 상상도 못 했다.

IPC가 나를 부적격으로 판정하기 위해 담당의 소견서를 이용한 것으로 드러났다. 내가 다리 기능을 회복하고 다시 걷고 싶다는 희망을 내비쳤기 때문에 IPC는 나의 희망을 이용해 2013년 세계수영선수권대회에서 나를 축출했다. 해당 소견서는 맥락이 뜯긴 채 곡해되었다. IPC는 나머지 의료 기록과 내가 전에 받은 장애 등급 판정 심사를 깡그리 무시했다. 그리하여 내 장애는 축소되었고, 간과되었으며, '비영구적'으로 공표되었다. 내가 하반신 마비 치료법을 찾고 보행능력을 회복하길 바랐다는 고작 그 사실에서 IPC는 내 장애가 비영구적이라고 판단할 구실을 찾은 것이 분명했다.

"수영 경기에 참가할 수 없다는 게 무슨 소리예요? 다시는 이런 일이 없을 거라고 했잖아요!"

이 끔찍했던 면담에서 나는 장애 등급 판정 심사를 받기에 부적격하다는 통보를 받았다.

"빅토리아, 집으로 가세요. 더는 여기에 머물 수 없습니다. 가서 짐 싸세요."

비인간적이게도 부적격 통보를 받은 건 금요일 오후 4시

30분이었는데, 시합은 일요일 아침이었다. 탄원을 제대로 준비하는 데 필요한 시간을 충분히 주지 않으려는 의도가 분명했다. 이미 확정된 사실을 통보하는 듯한 언사에, 어떤 설명이나 해명도 듣지 못한 채 면담 자리에서 일어나는데 혼이 쏙 빠진 것 같았다. 호텔 방문 앞에 앉아서 덜덜 떨며 울다가 힘을 끌어모아 방문에 카드 키를 대고 문을 열었다. 침대에 쓰러져 있는데 휴대폰 벨이 울리고 또 울렸다. 하지만 전화를 받을 힘이 없었다.

몸을 추스르지 못한 채 Team USA가 적힌 수영모와 시합용 수영복을 물끄러미 쳐다봤다. 수영모와 수영복은 옷장 위에 완벽한 자태를 뽐내며 놓여 있었다. 행운의 수경에 내 모습이 거울처럼 비쳐 보였다.

「어떻게 이런 일이 생길 수 있지? 도대체 어떻게?」

아직도 연습 중인 룸메이트가 생각났고, 우리 팀이 생각났다. 함께 훈련하고 대회 수영장을 확인하면서 즐거워하고 있을 것이었다. IPC는 내가 우리 팀하고 수영장에도 가지 못하게 했다. 불치병에 걸린 범죄자라도 된 기분이었다. 가슴이 찢어졌고 완전히 비참했지만 간신히 마음을 추스르고 짐을 쌌다.

짐을 다 쌀 때까지 일부러 수영용품 근처에 가지 않았다. 마침내 갔을 때는 분노가 솟구쳐 올라 시합용 수영복, 수영모, 수경을 모두 방 반대편으로 집어 던지고 말았다. 그러다가 휠체어에서 떨어져 테이블 모서리에 머리를 찍었다. 하지만 아무래도 상관없었다.

「완전히 밑바닥을 찍었어.」

기분이 멍했다. 몸을 둥글게 말고 망연히 벽을 바라봤다. 눈을 감으면서 이 악몽에서 깨고 싶다고 생각했다.

「이럴 순 없어. 이게 진짜일 리 없어. 일어나, 빅토리아! 잠에서 깨라고!」

하지만 가장 끔찍한 악몽에서는 깨어날 수가 없다.

규정집에 따르면 IPC는 의무적으로 내 장애 등급을 심사해야 한다. 하지만 IPC는 심사를 거부한 바 있었고, 스포츠 중재 재판소에 내가 항소할 수 없는 시점에 자신들이 결정한 사안을 통보했다. 그래서 나는 집으로 돌아갔다. 할 수 있는 일이 없었고 모든 사람이 속수무책이었다. 싸울 수도, 항소할 수도 없었다.

눈 깜짝하는 사이에 모든 게 끝장났다. 얼마 전까지만 해도 나는 세계 신기록 보유자에 ESPY 상(올해의 스포츠상) 후보자였고, 금메달리스트 수영 챔피언이었다. 그런데 이제는 나를 쫓아다니던 스폰서들의 전화가 뚝 끊겼고, 각종 매스컴에는 내 이름과 함께 2% 부족한 장애인이라는 문구가 도배되었다. 진실이 잔인하고 몰지각한 방식으로 왜곡되었다.

내가 잘못한 건 없었지만 그래도 우리 팀을 실망시킨 것 같았다. 우리 팀은 강력한 메달 후보였던 내게 의지하고 있었다. 내게서 희망을 보고 나를 응원하려 했던 세계 곳곳의 팬들도 있었고, 나를 믿고 희생해준 코치와 가족도 있었다.

청천벽력 같은 소식을 들은 지 두 시간도 안 돼서 나는 팀 매니저가 모는 차를 타고 엄마를 만나러 갔다. 너무 많이 울어서 더 흘릴 눈물도 없었고 말도 안 나왔다. 뒷좌석에 앉아 침묵에 빠진 채 허공을 응시하며 힐송 유나이티드Hillsong United의 노래 '오션스(발 디딜 수 없는 곳)'를 듣고 또 들었다.

「하나님, 어디 계세요? 제 기도를 듣기는 하세요? 제가 지금 바다 밑으로 가라앉고 있잖아요. 저 좀 구해주세요.」

하나님 음성을 듣는 능력과 하나님 목적을 이해하는 능력을 분노가 가리기도 한다. 끊임없이 기도하며 간구했지만, 분노와 좌절감과 혼란스러움이 빚은 시끄러운 소리에 기도 소리가 파묻혀버렸다. 나와 내 수영 커리어가 처한 암울한 현실을 생각하지 않을 수 없었다.

「무슨 일이 일어날까? 이제부터 어떻게 해야 하지? 이게 끝인가? 나는 끝난 건가? 정말로 끝장난 거야?」

그날 밤 집에 도착한 나는 비참했고 심란했다. 어디에 마음을 의지해야 할지, 뭘 해야 할지 알 수가 없었다. 정신을 차려보니 한밤중에 욕실 바닥에서 발작적으로 울고 있었다.

「수영을 끊으면 곧장 지옥이야.」

내게 수영이 약 같은 존재라는 걸 아는 사람은 없었다. 수영을 진심으로 좋아하기도 했지만 수영을 통해서 나는 내가 겪었던 고통을 상쇄할 수 있었다. 팔을 저을 때마다 내면의 전쟁을 잠재울 수 있었고, 식물인간 상태에서 깨어난 2009년부터 날 계속 괴롭혔던 공포에서 달아날 수 있었다.

나를 치유해준 수영을 느닷없이 강달당하자 나만의 진통제와 탈출구를 되찾고 싶어 지푸라기라도 잡는 심정이 되었다. 수영은 내게 메달, 유명세, 스폰서 그 이상이었고, 나를 다시 삶과 세상으로 데려왔다. 매일 두세 시간씩 훈련하는 동안 진심으로 행복했다. 수영 덕분에 과거의 기억과 고통과 너무도 생생했던 외상후스트레스에서 벗어날 수 있었다. 휠체어에 앉아 있는 것도, 생각에 매몰되는 것도 싫었다. 물속에 있고 싶었지만, 칼이 가슴에 단단히 박혀 꿈쩍도 하지 않으면서 계속 심장을 찔러대는 기분이었다.

정말 먼 길을 왔는데 또다시 고통에 갇히게 되었다. 그들은 나한테 왜 그랬을까? 내가 희망을 품어서였다. 수년 전부터 나를 계속 살게 한 바로 그 희망 때문이었다. 내가 가장 간절하게 움켜쥐었던 것이 나를 패럴림픽에서 축출하고 만 것이다. 이

고역을 겪는 내내, 더 솔직히 말하면 내가 패럴림픽 수영선수로 활동하는 내내 IPC는 지독히 비논리적이었다. 구체적인 사유도 제공하지 못하고, 근거하는 규칙이 있는 것도 아닌 IPC는 자신들의 조치를 해명하지 못했다. 내가 어째서 수영할 수 없다는 건지 이해가 되지 않았다. 곧장 국내 최고의 스포츠 전문 변호사들에게서 연락이 왔고, 내가 승소할 가능성이 크다고 입을 모아 말했다. 거짓말은 하지 않겠다. 법적 대응을 할까도 했지만, 그럼 양손이 묶이는 꼴이었다.

「사람들이 내 이야기를 절대로 못 하게 할 거야.」

법적 문제에 얽히지 않아야 수영선수로서의 커리어를 살릴 수 있을 거라는 생각에서 법적 대응을 하지 않기로 했다. 하지만 IPC가 입장을 바꾸지 않고 계속해서 말도 안 되는 이유를 댔기 때문에 다 소용없었다. 터무니없는 말 같지만, 나는 희망을 품었다는 이유로 퇴출당했다. 그러나 누구도 내 희망을 앗아가지 못하게 할 작정이었다.

다시 시작된 발작,
간절한 기도

2013년 9월부터 2015년 4월까지

"제발 사람들한테 절 좀 가만히 내버려두라고 말해주세요!"

내 세상이 무너지고 수영선수로서의 커리어가 엇나갔다. 그리고 한 달이 지났지만 여전히 내게 질문이 쏟아졌다. 몬트리올에서 세계선수권대회에 참가하려다가 장애 등급 심사에서 제외된 사건에 대해 견해를 밝히고 질문에 답해달라는 요청을 끈질기게 받았다. 내게 떠오르는 답변은 이것뿐이었다.

'나는 희망을 품었다는 이유로 벌을 받았다.'

지난 2년 동안 쌓아 올린 삶이 와르르 무너졌다. 내가 겪은 모든 고통과 시련을 피할 수도 있었다는 의사의 말을 들은 데다가 수영선수로서의 커리어가 끝장난 현실까지 덮치자 나는 점차 나답지 않게 변해갔다. 당시에는 자각하지 못했지만, 나는 나를 잃어가고 있었다.

"하지만 빅토리아…… 너는 다 가졌잖아. 행복해야지."

우리는 편견을 가지고 다른 사람을 볼 때가 많다. 하지만 겉으로 보이는 것과 진실은 종종 아주 다르다. 소셜 미디어에는 행복해 보이는 사진을 올리면서 사실 불행하고 상실감을 느끼는 경우가 많은 것이다. 우리는 가면을 만들어 진실을 숨긴다.

"빅토리아. 빅토리아?"

"네?"

"괜찮아요?"

"어…… 네, 괜찮아요."

"사람들이 질문을 많이 해요. 답변을 듣고 싶어 하고요."

"더는 할 말이 없어요."

사실 하나도 괜찮지 않았다. 나는 정처 없이 표류하고 있었다. 또다시 나를 잃고 있었다. 모든 것을 다시 지어 올렸다고 생각했다. 단단한 땅 위에 두 발을 딛고 섰다고 생각했다. 하지만 발을 내려다보자 눈에 들어오는 것은 모래뿐이었다. 나는 돌이 아니라 흘러내리는 모래 위에 서 있었던 것이다.

또다시 불이 나갔다. 순식간에 쏟아졌던 스포트라이트는 순식간에 꺼졌다. 나는 새로운 삶에 적응하려고 고군분투했다. IPC는 내게 끔찍한 일을 저질렀지만, 나는 그 일을 연료로 삼아 새로운 목표를 이루려고 했다. 바로 걷기였다. 걷는다는 내 꿈을 두고 의료계에 종사하는 사람 대부분이 불가능하다고 말했다. 하지만 시도해보고 싶은 마음을 떨칠 수가 없었다. 어쨌든 나는 불가능한 꿈을 여러 차례 이룬 사람이다.

몬트리올 사건 이후 엄마는 원래의 주도적인 모습으로 돌아갔다. 반면에 아빠는 IPC가 내게 저지른 일로 몹시도 괴로워했다. 심한 낭패감을 느꼈고, 언론과 이야기할 때 자기 생각을 여과 없이 말했다. 다른 남자들처럼 잘못된 일을 바로잡을 수 없자 좌절하고 분노했다. 몬트리올에서 일어난 일은 아빠의 책임이 아니었지만 아빠는 나를 위해 상황을 개선해야 한다는 책임감을 느꼈다. 그리고 그런 감정을 잘 받아들이거나 표현하지 못했다.

아빠의 좌절감이 느껴지자, 나는 무척 아팠을 때 그랬던 것처럼 아빠를 피했다. 엄마와 나는 언제나 한 팀이었다. 나를 도우려는 엄마의 지치지 않는 노력은 우리를 캘리포니아 샌디에이고에 있는 프로젝트 워크Project Walk라는 기관으로 이끌었다. 세계적으로 유명한 척수 손상 회복 센터인 프로젝트 워크는 운동을 기반으로 하는 특화된 회복 프로그램을 갖추었다.

셀 수 없이 많은 재활 및 물리치료 클리닉에 가본 나는 '회복'이라는 단어가 달갑지 않았다. 전에 받았던 물리치료는 대체로 휠체어를 사용하는 법과 휠체어에 탄 채로 생활하는 법을 배우는 데 초점이 맞춰져 있었기 때문이다. 물론 그건 내게 꼭 필요한 교육이었다. 하지만 나는 휠체어 안에 머물고 싶지 않았다. 다시 두 발로 서고 싶었다. 그런데 그럴 가능성이 적었기에 물리치료사들은 걷기 연습을 하는 게 유익하다고 생각하지 않았다.

그래서 프로젝트 워크에 갔을 때도 상당히 회의적이었고 마음이 지쳐 있었다.

「어라, 생각했던 거랑 다르네.」

신선한 충격이었다. 7년 동안 우리에게 한 줄기 희망을 준 사람은 프로젝트 워크 사람들이 처음이었다. 그들은 아무것도 장담하지 않았지만 불가능한 것들을 이야기하지도 않았다. 대신에 가능한 것들에 초점을 맞췄다.

캘리포니아에서 지낸 석 달 동안 우리는 엄마의 절친한 친구이자, 내가 '서부 엄마'라고 부르는 메리린과 그녀의 남편 잭의 집에서 살았다. 모든 소동을 뒤로하고 부부의 아름다운 집에 머무는 것 자체가 치유의 경험이었다.

프로젝트 워크에 도착한 지 이십 분 만에 나는 땀을 쏟았다. 그렇게 몰아붙이는 사람들은 난생처음이었다. 그때 이곳에 홀딱 반했다. 체육관처럼 꾸며진 시설에는 온갖 종류의 척수 손상과 뇌신경 질환을 가진 사람들이 있었다. 모두 휠체어를 타고 오지만 치료가 시작되면 곧장 휠체어에서 내렸다. 운동은 개인의 필요에 따라 조정되었고, 모든 트레이너가 나를 얼마큼 밀어붙여야 하는지 알았다. 정말로 멋진 경험이었다.

내가 걸을 가능성은 여전히 요원했고, 프로젝트 워크에서 보낸 삼 개월 동안 내 마비가 무척 심각하다는 사실을 알게 되었다. 하지만 이런 현실을 알면서도 의욕과 희망이 넘쳐흘렀다. 어떤 불가능한 목표든지 이루려면 마음가짐이 제일 중요하다. 내 말을 믿길 바란다. 불가능은 내 전문이기 때문이다.

「바로 이곳이야. 이곳이라면 승산이 있겠어.」

프로젝트 워크는 내 안에 아주 오랫동안 꺼져 있던 불을 다시 지펴주었다. 나는 다시 걷고 싶은 욕망을 극복하거나 버리지 못한 상태였다. 무엇보다도 사람들과 눈을 맞추고 싶었고, 언제 어디든지 갈 자유를 누리고 싶었다.

하지만 안타깝게도 프로젝트 워크에서의 시간은 순식간에 끝이 났다. 우리 삶도, 가족도 동부에 있었다. 다들 동부에 있는데 우리만 계속 서부에 머무는 건 현실적인 방안이 아니었다. 그래서 우리는 추수감사절 직전에 집으로 돌아갔다.

* * *

인생이 180도 달라진 건 이때부터였다. 집에 돌아오자 생각보다 훨씬 힘들었다. 현실이 괴로웠고 새로운 일상에 잘 적응하지 못했다. 가끔은 대학교에 다니는 남자친구를 만나러 북쪽으로 운전해 올라갔는데, 그의 친구들은 여전히 나를 금메달리스트로 봤고 챔피언으로 여겼다. 평범한 사람으로 대접받고 싶었지만, 어딜 가든 스포트라이트를 좇는 사람들이 몰려드는 듯했다. 주목받는 일이 그들에게는 멋질지 몰라도 내게는 버거웠다. 나는 파티를 별로 좋아하는 사람이 아니었다.

행복하다고 생각했지만 나는 신기루를 좇고 있었다. 그때는 몰랐지만, 내 안의 고통과 슬픔을 무감각하게 만들려고 애쓰고 있었다. 의식하지 못한 채, 내 삶과 우리 가족을 등지고 다른 삶을 구축하려고 했다. 별로 아프지 않은 그런 삶 말이다.

여전히 수영하고 싶은 욕구가 커서 수영장에 가서 기진맥진할 때까지 수영하곤 했다. 시합이 목말라 그랬을 수도 있고, 내가 아직 '퇴물'이 아니라는 걸 세상에 증명하려고 그랬을 수도 있다. 퇴물이라는 표현은 당시 남자친구와 그의 친구들 입에 자주 오르내렸다. 그들에게는 농담이었겠지만, 내게는 비수가 되어 꽂혔다. 그때 내 정서 상태를 생각하면 더 그랬다.

내 마음을 최고로 잘 표현하는 건 고장 난 회전목마였다. 점점 빠르게 회전하지만 결국 제자리인 회전목마 말이다. 돌고 돌고 너무 빠르게 돌아서 술에 취한 것처럼 어지러웠다. 세상 사람들 눈에 비친 나는 전국 방방곡곡을 날아다니며 강연하고 매스컴에 출연하는 열아홉 살 행운아였고, '성공'의 표본이었다. 하지만 그들은 내가 성공을 이용해 내면의 고통과 불만을 감추고 있는 건 몰랐다. 사람들은 나를 두고 '영감, 영웅, 모범 사례'라고 했지만, 나는 그런 기분을 손톱만큼도 느낄 수 없었다. 나는 미소를 장착하고 다른 사람 기분을 맞춰주는 데 전문가가 다 되었다. 그때는 미처 몰랐지만, 중증 불안 장애와 우울증이라는 기나긴 여정이 막 시작된 참이었다.

새로운 친구들은 행사가 있으면 날 따라오고 싶어 했고, 내가 성취한 일들을 가지고 날 칭찬했다. 어느새 나도 그 친구들에게 감명을 주고 싶어졌다. 나는 내가 퇴물이 아니라는 걸 증명하고 또 증명하려 했다.

「미소 지어, 빅토리아. 울지 마. 적어도 다른 사람 앞에선 울지 마. 완벽하지 않은 모습을 보이지 마.」

나는 행복하고 발랄하고 웃음이 많은 아이였다. 우리 집은 언제나 화목했고 웃음이 끊이질 않았다. 내가 죽을 만큼 아팠을 때조차 우리 가족은 유머를 잃지 않았다. 나는 늘 사람들에게 밝고 행복한 모습을 보였다. 하지만 이제 그건 겉모습일 뿐 진짜가 아니었다. 내 안에서 기쁨과 유머와 빛이 사라지고 있었다. 다만 본래부터 타고나 굳어진 성격은 내가 슬플 때조차 잘 작동했다. 미소는 내 생존전략이었기에 어떤 일을 겪든, 어디에 있든 상관없이 장착할 수 있었다.

제일 친한 친구들, 심지어 가족들조차 내가 그렇게까지 힘들어하는 줄 몰랐다. 내 안에 쌓여가는 번뇌와 화를 아무도 눈치 채지 못하게 하려고 노력했다. 이런 번뇌와 화를 극복하고 물리치려고 매일 발버둥 쳤다. 그건 어떤 감정도 느끼지 않는다는 뜻이었으나 그것도 익숙해지고 있었다. 계속 바쁜 일을 만들었다. 스포트라이트를 좇아 몰려온 사람들을 감동시키는 데 열중했고, 나를 증명하기 위해 더욱 열심히 일했다.

이미 많은 걸 이뤘고 굉장히 먼 길을 왔지만 그걸로는 부족했다. 나는 돌고 또 돌았다. 비유하자면, 하나님이 나를 고장 난 회전목마에서 떨어뜨려 버릴 때까지 말이다.

「아니야, 안 돼, 안 된다고! 이럴 순 없어.」

마지막 발작이 있고 3년이 지났다. 이제는 발작 치료제도 끊었고, 의사들도 발작이 다시 돌아오지 않을 거라고 했다. 3년 만에 처음으로 찾아온 발작은 경미했지만 나는 완전히 겁에 질렸다. 별일 아닌 듯이 넘기려고 애썼지만 걱정이 스멀스멀 올라왔다.

「무슨 일이 벌어지고 있는 거지? 아니, 그저 피곤한 거겠지.」

겉으로 보기에는 멀쩡했기에 나는 뭔가 잘못되었다고 생각하지 않기로 했다. 그래서 나를 더욱 밀어붙이며 채찍질했다. 전쟁터 같은 마음과 씨름했고, 생각할 틈을 주지 않으려고 아주 바쁘게 살았다. 쉬거나 멈추지 않고 계속 전진하는 것, 완벽해 보이는 것, 성공하는 것에 집착했다. 그래서 내 삶이 어떻게 잘못되고 있는지도 몰랐다. 아니, 알고 싶지 않았다.

스스로 인지하는 것보다 더 많은 면에서 나 자신을 조금씩 잃어가고 있었지만 그때도 난 웃고 있었다. 발작이 잦아졌고 어느새 늘 아프고 피곤하고 불안했다. 한 치 앞도 모르는 어둠 속으로 깊이, 더 깊이 떨어졌다. 그리고 산산이 부서졌다.

내 몸이 점점 말을 안 듣자 새 친구들도 떠나기 시작했다. 불을 끄면 밤하늘로 날아가 버리는 나방처럼 떠났다. 남자친구도 내게 흥미를 잃고 나를 헌신짝처럼 내팽개쳤다.

「정말로 퇴물이 된 것 같아.」

고장 난 회전목마에서 내려와야 했다. 마음만 고장 난 게 아니라 몸도 고장 나고 있었다.

「밑바닥으로 떨어진 기분이란 바로 이런 거구나.」

펜슬 점프로 다이빙해본 적이 있는가? 연필처럼 몸을 꼿꼿하게 만든 상태로 깊은 물속까지 뛰어드는 것이다. 일단 뛰어 내리면 몸이 수면 아래로 빠르게 가라앉는다. 펜슬 점프를 하면 몸이 수영장 바닥에 닿기도 하고, 다른 점프를 할 때보다 더 깊은 곳까지 내려간다. 수영장 바닥에 몸이 닿으면 미친 듯이 수영해서 위로 올라가는데, 반동 추진력이 몸을 빠르게 위로 올려주는 덕분에 수면을 뚫고 나와 숨을 쉴 수 있다.

그런데 수면 위로 빨리 떠오르지 못한 적이 있는가? 고막은 터질 것 같고, 폐는 쪼그라들고, 심장은 고동친다. 그럼 공포에 질려 물 밖으로 나가려고 발버둥 치게 된다.

「어떻게 해야 겁먹고 날뛰는 이 마음을 진정시킬 수 있을까?」

나는 엉망진창인 삶 속으로 뛰어들었고 곧장 밑바닥까지 내려갔지만, 몸이 수면 위로 떠오르지 않았다. 숨을 쉴 수 없어서 익사하는 기분이었다. 물살이 이끄는 대로 여기저기 쓸려 다녔고, 일렁이는 파도에 세차게 얻어맞았다. 다루기 힘든 돛단배에 올라탔는데 정해진 항로도 동력도 없는 기분이었다. 물살에 부딪히고 또 부딪혔지만 해변에 닿지 못했으며, 가고 또 갔지만 어디에도 도달하지 못했다. 결국 마음의 전쟁이 몸으로 드러나기 시작했다.

「도와주세요……」

발작이 더 잦아졌다. 몸이 아파서 침대에서 일어나는 일도,

기쁨 비슷한 기분을 느끼는 일도 점점 힘들어졌다. 지금까지는 괜찮은 척을 할 수 있었는데 더는 가면을 쓸 수가 없었다. 가장 두려워했던 일이 일어났다. 병이 재발한 것이다.

내가 자초한 이 미친 세계에서 탈출구가 되어줄 휴식이 필요했다. 2012년부터 2014년까지 지난 2년 동안 방송 출연, 행사, 시합, 가식적인 사람들, 사건 사고, 부담감에 끊임없이 시달렸다. 그러다가 갑자기 스포트라이트가 나갔고, 나는 헤드라이트 없는 자동차처럼 돌진하다가 돌투성이 밑바닥을 들이박았다. 한 치 앞도 보이지 않는 캄캄한 곳이었다.

오래전에 이런 이야기를 들은 적이 있다.

"당신과 함께 리무진을 타고 싶어 하는 사람은 많습니다. 하지만 그 리무진이 고장 났을 때 당신과 함께 버스를 타는 사람만이 진정한 친구입니다."

정말로 리무진이 고장 났고, 나는 길가에 버려진 것 같았다. 내가 쌓아 올린 세계가 와르르 무너졌고 나는 그 잔해 속에 파묻혔다. 살이 급격하게 빠졌고, 일어날 수조차 없었다. 또다시 바닥에 쓰러진 나는 휠체어를 옆으로 밀어둔 채 울었다.

「어쩌다 이런 신세가 되었지? 어떻게 이 지경이 되도록 가만히 있었지?」

정말로 아팠을 때, 난 육체적, 정신적으로 감옥에 갇힌 상태였다. 몸이 제 기능을 상실했고, 움직일 수도 말할 수도 없었다. 저지르지도 않은 죄 때문에 감옥형을 선고받은 셈이었다. 독한 마음을 품고 세상에 돌아왔지만, 내게 무슨 일이 일어났던 건지, 내가 겪은 트라우마가 내게 어떤 영향을 미칠지는 제대로 이해하지 못한 상태였다. 슬픔과 상실과 학대로 인한 트라우마를 제대로 돌보지 않았던 것이다. 세상에 돌아온 나는 웃으면서 그저 다음 장으로 넘어가고 싶은 마음이었다.

고통스러운 기억을 들추는 일은 너무나 아팠다. 유리 조각이 발에 박혀 움직일 때마다 찌르는 것처럼 아팠다. 그런데 나는 아픔을 돌봐야 할 때가 되면 바쁜 일을 만들었다. 다 잊고 싶은 마음이 간절했기 때문이다. 하지만 발에 유리 조각이 박힌 채로 돌아다니다 보면 언젠가 유리를 제거해야만 하는 때가 온다. 더는 참을 수 없을 정도로 아프기 때문이다. 그때는 주저앉아서 아픔을 해결해야만 한다.

「빅토리아, 앉아. 느긋한 마음을 가져. 괜찮니?」

아니, 괜찮지 못했다.

2014년 처음 몇 달은 전력 질주하며 겉으로는 싱글벙글했지만 속으로는 꾸준히 망가지고 있었다. 이제 숨을 잘 쉬지 못했고 발작이 몸을 지배하다시피 했다.

「다시 무너지고 말았어.」

새로운 인생이 나를 저버렸다는 생각이 들 때가 많았다. 미래는 전혀 기대되지 않았고 과거는 무참했다. 현재와 과거라는 두 세계 사이에 갇혔는데 여기도 고통 저기도 고통이었다.

내 방으로 들어오던 엄마가 생생하게 기억난다. 엄마는 늘 그랬던 것처럼 나를 일으켜 세웠다.

"엄마 여기 있어. 이 시기도 잘 넘길 수 있을 거야. 엄마를 믿어."

엄마는 내게 든든한 바위 같은 존재였고, 좋은 일도 나쁜 일도 나와 함께 겪었다. 늘 내 곁에 있었고, 가장 공포스러운 상황에서도 내 곁을 떠나지 않았다. 엄마의 강인함과 불굴의 의지는 흔들리는 법이 없었다. 상황이 암담해질수록 엄마는 밝게 빛났다. 내가 아는 한 엄마는 최고로 강하고, 낙천적이고, 사랑이 넘치는 사람이다.

엄마는 내가 얼마나 망가졌는지 알았다. 내가 우리 가족과 조금씩 멀어지는 것도 지켜보았지만, 한 발짝 물러나 있으려고 했다. 내가 그렇게 해달라고 빌었기 때문이다. 하지만 엄마는 나를 돌보는 일을 멈추지 않았다. 엄마는 언젠가 내가 무너지는 날이 올까 봐 두려워하고 있었다. 사실 나는 무너졌다기보다 산산이 조각난 것에 더 가깝긴 했지만 말이다. 하지만 그 파편을 함께 주워줄 엄마가 있었다. 트라우마는 나 혼자만 겪은 게 아니었다. 엄마도 함께 겪었다.

엄마와 나는 황홀한 정상과 비참한 밑바닥을 모두 겪게 해준 이 광적인 여정을 함께했다. 내가 수영을 못 하게 되자 우리는 우리의 목표와 자리를 잃고 괴로워했다. 우리는 훈련하고 대회에 참가하러 이곳저곳 다니는 걸 좋아했다. 그런데 수영선수로서의 커리어가 느닷없이 끝나버리자 나는 수영장도 피했고 엄마도 피했다. 평생 엄마와 무척 가까운 사이였는데 몬트리올 사건 이후로 나는 모두에게서 멀어졌다. 내가 가장 사랑하는 사람들에게 내 고통과 슬픔을 숨기려 했던 것이다. 절대로 현명한 생각이 아니었다.

발작이 다시 생긴 까닭을 결국 알아냈다. 어떤 의사가 내 병이 재발하는 것을 예방하려는 목적에서 처방한 약에 몸이 반응한 것이다. 시간이 좀 걸리긴 했지만, 처방전에서 그 약을 빼고 통합 약물치료로 돌아가자 건강이 호전되는 게 느껴졌다. 나는 천천히 잔해들을 치우고 다시 한 번 새로운 삶을 살아보려고 했다. 쉽지 않았지만 시간이 흐르며 상황이 조금씩 나아졌다.

「한번 해보자. 하얀 도화지 위에서 다시 시작해보자. 그런데 이제 뭘 해야 하지?」

어디로 가야 할지 모를 때, 두 가지 길 중에서 하나를 선택할 수 있다. 우선, 그 자리에 주저앉아 절망하며 시도조차 하지 않을 수 있다. 아니면, 휘청거리더라도 일단 서서 하나님이 인도해주실 거라고 믿고 발을 앞으로 내디딜 수 있다.

몬트리올 사건 이후에 나는 하나님에게서 도망쳤고, 밑바닥을 친 후에야 고개를 들어 다시 하나님을 찾았다. 하나님을 믿고 신뢰하면서, 하나님이 나를 붙잡고 계시고 나를 위한 계획을 예비해두셨다고 생각했다. 내가 제일 좋아하는 책이자 내 인생을 180도 바꾼 책인 《브레이크 아웃!Break Out!》에서 조엘 오스틴은 이렇게 말한다.

"하나님은 자신의 책에 당신 인생의 모든 날을 미리 써두셨다. 하나님은 당신이 언제 시련을 겪을지 정확히 알고 계신다. 좋은 소식은 당신의 재기도 이미 계획해두셨다는 것이다."

이제 재기할 때였다. 내 삶을 되찾고 다른 방향으로 나아가야 했다.

The Will to
Survive and
the Resolve
to Live

4부

Victoria Arlen

역경을 위대한
재기의 발판으로

나는 어린 시절부터 줄곧 새로운 모험과 도전을 사랑했다. 쉽게 지루함을 느끼는 아이였고, 친구들은 내가 얼마나 빨리 다른 게임으로 넘어가고 싶어 하는지를 가지고 놀리곤 했다. 앞으로 나아가는 일은 내게 중요했다. 실은 전진하고 도전하는 일에 중독되다시피 했다. 그건 욕망이었을 수도, 광기였을 수도 있지만, 퇴보란 내가 상상할 수 있는 가장 최악의 일이었다. 퇴보가 두려웠다. 쉼 없이 앞으로 나아가야만 했다.

그런데 이제 어디로 가야 하지? 인생을 완전히 계획해놓았다고 생각했는데, 그 계획이라는 것이 죄다 프로 수영선수로서의 계획이었다. 그래서 수영을 빼앗겼을 때 망연자실했다. 앞으로 무엇을 해야 할지 다시 모색하고 고민해야 했다. 열아홉 살이 된 나는 이제 어디로 가고 싶은지 생각해야만 했다.

국제무대에서 수영한 경험은 내게 신세계였다. 챔피언이 되는 경험은 경이롭고 황홀했지만, 그 자리에는 많은 책임이 따랐다. 가장 큰 책임 중 하나는 언론을 상대하는 일이었다. 패럴림픽 예선전 때부터 몬트리올 사건 이후 몇 개월까지 정신없이 매스컴에 등장했다. 대부분 좋은 경험이었지만, 별로 좋지 않을 때도 (특히 몬트리올 사건 이후에) 몇 번 있었다. 그리고 그다지 유쾌하지 않았던 몇 번의 경험이 방송계를 바라보는 내 시선을 바꿔놓았다.

몇몇 방송국에서 내게 방송인이 되는 것이 어떠냐며 접근했다. 은퇴한 프로 운동선수가 많이들 하듯이 말이다. 그럼 체육계에 계속 몸담을 수 있었다. 직접 수영하는 대신에 수영을 비롯한 다른 스포츠들에 관해 이야기하면서 말이다. 하지만 몬트리올에서 일어난 온갖 소동에 질린 나머지, 다시 스포트라이트 안으로 던져진다는 생각만으로도 겁이 났다.

2014년은 내 인생에서 신체적으로도 정신적으로도 대단히 힘든 한 해였다. 가라앉지 않으려고 모든 면에서 발버둥 쳤다. 거짓 미소를 지으며 완벽한 이미지를 유지하려고 고군분투했다. 하지만 이런 질풍노도의 시기에도 나는 다음 단계를 모색하고 갈망했다.

「하나님, 제발 저에게 길을 보여주세요. 이제 저는 무엇을 해야 하나요?」

식물인간 상태였던 4년 동안 나는 구경꾼 신세였다. 절대로 또 그렇게 되고 싶지 않았다. 그래서 하나님께 의지하며 기도했고 새롭게 도전할 일을 달라고 빌었다.

그때쯤 나는 강연가로서의 커리어를 쌓아가고 있었다. 2주마다 새로운 장소로 날아가 새로운 사람들 앞에서 강연했다. 나는 얼굴에 미소를 띠고 도전 과제를 극복하고 승리하는 일에 관해 강연했다. 비록 나 자신은 뭐 하나 제대로 극복하지 못했지만 말이다.

그런데 그때, 한 번의 강연회로 모든 게 180도 바뀌었다.

어느 날, 매니저인 패트릭이 가볍게 물었다.

"빅토리아, ESPN 방송국에 가서 강연이랑 방송 출연 좀 몇 번 할 수 있어요?"

한창 강연을 하러 돌아다니던 참이었기 때문에 즉시 좋다고 답했다. 그렇다고 이번 제안이 그다지 특별하게 여겨진 건 아니었다. ESPN 채널을 보며 자랐지만, 마음이 뒤숭숭하던 때라 이런 기회가 와도 설레지 않았다. 막연히 들었던 생각이라곤 그 당시에 데이트하던 남자가 ESPN을 좋아하니 이번 기회를 통해 그가 감명 좀 받겠다고 생각한 정도였다.

"방송계에서 일하는 거 생각해본 적 있어요?"

ESPN 경비 총괄부서 책임자인 마이크 하임백_{Mike Heimbach}이
물었다.

"아니요."

이런 질문을 여러 번 받았지만 매번 정해진 답변은 '아니
요'였다. 그런데 왠지 이번은 다를 것 같은 느낌이 들었다. 그리
고 마이크는 내가 보지 못하는 무언가를 보는 것 같았다. 그는
ESPN 투어를 계획해 내게 이곳저곳을 구경시켜주었다.

"스포츠 센터에 오신 걸 환영합니다."

스포츠 센터에서 생방송을 촬영하는 모습을 보자 머릿속 전
구에 불이 확 들어왔다. 나는 내가 스튜디오를 좋아한다는 걸
깨달았다. 그냥 '깨달았다'가 아니라 차원이 다른 직감이었다.
내가 출연하기로 한 프로그램 중 하나는 프림이라는 앵커
가 진행하는 라디오 팟캐스트였다. 나처럼 전직 프로 운동선수
였던 그녀는 운동을 하다가 방송일로 넘어가는 게 어떤 건지
알았다.

「바로 이거야!」

조명, 카메라 그리고 액션! 갑자기 호기심이 솟구쳐서 팟캐
스트 녹음이 끝나자 프림에게 이것저것 묻기 시작했다. 그녀는
대단한 인내심으로 내 질문에 일일이 답해주었고 내 흥분을 받

아주었다. 게다가 자신이 하는 일을 간접 체험해보라며 초대해 주기까지 했다.

"정말요?"

"정말이죠!"

프림이 친절하게 말했다.

드디어 새로운 목표를 찾았다. 물론 세우기는 쉬워도 이루기는 어려운 목표였다. ESPN은 스포츠 방송인을 꿈꾸는 모든 사람에게 트로피고, 결승선이고, 금메달이었다. ESPN 소속으로 일한 경력을 이력서에 쓰게 된다면 거의 정상까지 올라간 셈이었다. 그럴 만도 했다. 왜냐하면 여기는 미친 듯이 멋지고 짜릿짜릿한 에너지를 뿜어내기 때문이다. 일을 맡게 될 가능성은 희박했지만, 이곳 ESPN에 오고 싶었다.

몇 개월 후에 직업 연수를 시작했다. 연수하러 ESPN에 갈 때마다 마이크가 나를 여러 이사와 프로듀서들에게 소개해주었다. 내가 만난 사람들 모두가 놀라울 만큼 친절했고, 나는 그들과 연락의 끈을 놓지 않으려 애썼다. 다음 해에도 계속해서 프림과 다른 앵커들이 하는 일을 배웠다. 몬트리올에서 너무나 잔인하게 빼앗겼던 내 안의 불과 열정이 다시 타오르기 시작했다. 내가 있어야 할 곳은 여기라고 온몸으로 느꼈다. 하지만 이번에도 역시 순조로울 리 없었다.

"너무 어리네요."

"경력이 전혀 없군요."

"우리는 경력이 20년쯤 된 사람을 뽑지, 이제 막 스무 살이 된 사람을 뽑지 않아요."

"경력이 거의 없는 사람이 ESPN에서 방송 일을 한 유례가 없어요."

방송계에 입문하려면 일단 소규모 방송국에서 경험을 쌓는 게 정석이다. 그 길고 고된 여정의 마지막에 다다르는 곳이 ESPN이다. 그걸 알고 있지만 나는 어떤 목표에 강하게 이끌리면 물불 가리지 않는 성격이다. 수영할 때도 경험이 부족한 내가 국가대표팀에 들어갈 확률은 아주 희박했다. 메달을 딸 확률은 더더욱 희박했다. 하지만 내 인생 여정이 유례없는 성공과 기적의 연속이었다. 조엘 오스틴이 가르쳐준 것처럼 아무래도 하나님이 역경을 두 배로 보상하시기 때문인 것 같다. 나는 희박한 확률을 이겨낸 사람이 특별한 삶을 살게 된다고 믿었다. 역경이 클수록 보상도 크다는 것도 믿었다.

화려한 타이틀을 가진 직업을 바라는 게 아니었다. 그저 ESPN에 있고 싶었다. ESPN에 있을 수 있다면, 커피를 타거나 화장실 청소를 할 의향도 있었다. 휠체어 뒤에 끈으로 손수레를 매달아 커피를 배달할 수 있다고 어떤 이사를 설득한 적도 있다. 미친 소리처럼 들리겠지만 열정을 좇다 보면 조금 미치기도 한다. 하지만 여기야말로 내가 있어야 하는 곳이었다. 다만 이 안으로 어떻게 발을, 아니 휠체어를 들여놓을지 모를 뿐이었다.

* * *

2006년 4월부터 2015년 4월까지, 이 여정이 시작되고 아홉 해가 지났음을 자축하는데 엄마가 말했다.

"빅토리아, 뭔가 멋진 일이 생길 것 같구나."

엄마가 한 말이 머릿속에서 맴돌았지만 무슨 뜻일까 아리송했다. 바로 그날 내 삶과 진로가 바뀌게 될 줄 상상도 못 했다.

이사, 프로듀서를 비롯해 ESPN에서 굵직한 자리에 있는 사람들을 만난 적이 있지만, 이들을 만나러 갈 때 일자리를 제안받으리라고 기대한 적은 없었다. 단순히 조언을 구하고 계속 배우면서 발전할 생각이었다.

그런데 4월 30일, 빌 보널Bill Bonnell과 케이트 잭슨Kate Jackson을 만났던 자리에서 모든 게 바뀌었다.

"기회를 주고 싶어요."

"진담이세요? 정말요?"

빌과 그의 프로듀싱 파트너인 케이트 맞은편에 앉은 나는 흥분해서 입이 떡 벌어진 채 어쩔 줄 몰라 했다.

"올여름에 열리는 2015 LA 세계스페셜올림픽*에 중계팀을 파견하는데 케이트와 저는 당신이 거기 합류했으면 좋겠어요."

형용할 수 없는 기분이었다.

「드디어 기회가 왔어. 새로운 모험이 펼쳐지는 거야.」

두 사람은 내 꿈을 진심으로 믿어주었고, 나를 믿고 모험을 감행하려고 했다. 내가 잘할지 못할지도 모르면서 내게 기회를 주려고 했다. 정말로 오랜만에 나를 믿어주는 사람을 만난 것이다. 빌과 케이트는 그 순간이 내게 얼마나 뜻깊었는지 몰랐을 것이다. 그 회의를 떠날 때 나는 더 이상 전과 같은 사람이 아니었다. 그 순간을 영원히 잊지 못할 것이고, 평생토록 감사해할 것이다.

스페셜올림픽이 성큼 다가오고 있었다. '방송인 겸 리포터'가 되는 법을 배우려고 여러 선생님을 만나 연습하고 훈련하며 많은 시간을 보냈다. 로스앤젤레스에서 스페셜올림픽을 보도하는 이번 과제는 궁극적으로 ESPN 입사 오디션이나 마찬가지였다.

● 지적 장애인들의 올림픽

「부담 갖지 말자. 음, 실은 부담감이 큰 일이지만, 나는 부담감이 심할 때 더 잘해내잖아.」

나를 믿어주는 사람 한 명이면 충분할 때가 있다. 치어리더 한 명이 안티 백만 명을 가릴 수도 있는 것이다. 로스앤젤레스에는 치어리더 한 군단이 있었다. 중계팀 전체가 나를 두 팔 벌려 받아줬다. 중계팀이 보여준 그 다정함과 믿음 덕분에 나는 잘할 수밖에 없었고, 그들을 자랑스럽게 하려고 최선을 다했다. 그들이 나를 믿기에 나도 나를 믿어야 했다.

텔레비전에 나오는 게 떨리긴 했지만, 그래도 어린 시절부터 카메라를 참 좋아했다. 운동선수 시절에도 나는 카메라 인터뷰하는 게 싫지 않았는데 다른 선수들은 몹시 겁을 냈다. 하지만 내가 직접 마이크를 쥐어보기 전까지는 인터뷰어의 중요성을 깨닫지 못했다. 질문을 받는 일과 질문을 하는 일은 천지 차이였다. 인터뷰에 그렇게 많은 노력이 들어가는지 미처 몰랐다.

어린 시절부터 나는 올림픽 광팬이었다. 운동선수들을 선망했고 언젠가 그들처럼 되고 싶었다. 하지만 실제로 금메달을 따기 전까지는 내가 정말로 그들처럼 될 줄은 상상도 못 했다. 그 후 3년이 지나는 동안 올림픽과 운동선수들을 향한 내 사랑은 조금도 식지 않았다. 내게 중대한 영향을 미친 첫 번째 올림픽은 그리스 아테네에서 열린 2004년 하계올림픽이었다. 마이클 펠프스Michael Phelps가 대회를 휩쓸었는데, 그를 보자 나도 금메달을 따고 싶다는 생각이 들었다. 마이클 펠프스와 제니 톰프슨Jenny Thompson은 내가 우러러보는 수영선수들이었다. 제니 톰프슨은 올림픽 후원 행사에서 만나 안면을 틀 기회가 있었는데 (처음으로 스타를 만나서 황홀했다) 마이클 펠프스는 한 번도 만나보지 못했다. 그런데 ESPN 리포터가 된 첫날에 그를 만나게 되었다.

"빅토리아, 첫 공식 인터뷰 상대는 마이클 펠프스야."

"뭐, 뭐, 뭐라고요?"

ESPN 마이크를 건네받고 이미 구름 위를 걷는 듯한 기분이었는데, 이제는 구름 융단을 타고 나는 듯한 기분이었다. 행복감이 백만 배쯤 커졌다.

ESPN에서 정식으로 일하는 첫날, 첫 공식 인터뷰 상대가 마이클 펠프스인 것이다. 올림픽, 패럴림픽, 스페셜올림픽을 집중 조명하는 특집 촬영이었다. 나는 패럴림픽을 대표하는 사회자였고, 스페셜올림픽에 참가하는 선수가 스페셜올림픽을 대표했으며, 마이클이 올림픽을 대표했다. 긴장했다는 말로는 당시 기분을 표현하기에 역부족이다. 마이클 펠프스는 역대 올림픽 참가자 중 단언컨대 최고의 선수였고, 그런 사람을 내가 인터뷰하는 중이었다. 어린 시절에 마이클 펠프스 같은 금메달리스트가 되길 꿈꿨던 빅토리아 알렌, 바로 내가 말이다. 나는 정말로 금메달리스트가 되었고, 금상첨화로 오늘은 내가 금메달리스트가 될 수 있도록 영감을 불어넣어 준 사람을 인터뷰하게 되었다.

"잘하고 있어요. 자연스럽게 하면 될 거예요."

첫 번째 촬영은 비공개 촬영이어서 관중이 없었지만, 두 번째 촬영 때는 카메라와 관중이 우리를 둘러싸고 있었다. 다들 마이클 펠프스를 조금이라도 더 보고 싶어 했다. 어린 시절부터 우러러봤던 사람이 내가 상상했던 바로 그 모습이라면 더할 나위 없이 기쁠 것이다. 그런데 마이클 펠프스는 생각보다 더 좋은 사람이었다. 친절하고, 인내심이 넘치고, 다정해서 그가 정말이지 멋진 사람이라는 것을 금세 알아봤다.

첫날 만난 사람 중에서 또 기억에 남는 사람은 로빈 로버츠 Robin Roberts 다. 식물인간 상태였던 4년 동안 〈굿 모닝 아메리카〉라는 프로그램에서 그녀를 보았다. 오늘 또 무슨 일이 벌어질지 예상할 수 없던 시기에 로빈 덕분에 매일 익숙한 아침을 맞을 수 있었고, 좋은 기운을 얻을 수 있었다. 세계스페셜올림픽 개회식 때 나는 ESPN 리포터로서 공식 데뷔를 했다. 로빈은 행사 진행을 도우려고 세트장에 일찍 도착해 있었다. 몇 년 전만 해도 아침마다 병원 침상에서 그녀를 보았기 때문에 조금 신기한 기분이 들었다. 그녀는 따뜻한 미소를 지으며 자신을 소개했고 내 앞자리에 앉았다. 나는 도입 영상을 사전 녹화했는데, 생방송 때 그 영상이 나오자 로빈은 뒤를 돌아 나를 보더니 엄지 두 개를 들어 보였다. 그 순간은 절대로 잊지 못할 것이다.

이번 세계스페셜올림픽 기간에도 세상에서 가장 강인하고 감동적인 선수들이 일군 놀라운 업적이 이어졌다. 나는 스페셜올림픽을 항상 열성적으로 지지했고, 고교 시절 내내 스페셜올림픽 선수들을 가르치기도 했다. 하지만 직접 경기를 관전하고 경기장 사이드라인에서 선수들을 만나는 일은 내 상상을 뛰어넘는 경험이었다.

「다른 사람의 이야기를 전하는 일에는 어떤 힘이 있구나.」

내가 직접 이야기를 전하는 사람이 되기 전까지는 이야기가 가진 힘과 영향력을 결코 알지 못했다. 물론 지난 몇 년 동안 내 이야기를 사람들과 나누긴 했지만, 내 이야기는 내게 영향을 미치지 않았다. 항상 나를 제외한 모든 사람에게 영향을 미치고 영감을 주었지만, 나 자신은 결코 감명시킬 수 없었다.

마이크를 쥐고 다른 사람이 자기 이야기를 하도록 돕는 일은 처음이었다. 며칠 동안 나의 번민을 옆으로 밀쳐두고 다른 일에 집중할 수 있었다. 매일 로스앤젤레스에서 선수들의 이야기가 내게 감명을 주었다. 스페셜올림픽 슈퍼스타이고 ESPN 해설자이자 내 소중한 친구이기도 한 더스틴 플런킷Dustin Plunkett 이 내게 한 말을 절대로 잊지 못할 것이다.

"시간을 들여 선수들과 이야기해보면, 장담컨대 당신은 영영 못 잊을 영감을 받고 완전히 다른 사람이 될 겁니다."

더스틴 말이 백 퍼센트 맞았다.

그 출장은 ESPN 커리어의 시작점이 되었을 뿐만 아니라 지난해 동안 완전히 꺼졌다시피 한 내 안의 불을 다시 살렸다. 목적과 동기와 힘을 되찾았다.

나는 완전히 달라진 모습으로 로스앤젤레스에서 돌아왔다. 그리고 여러 이사가 모여 내가 로스앤젤레스에서 잘했는지, ESPN에서 일하는 데 필요한 자질이 있는지 논하는 회의에 다시 참석하게 되었다. 나는 아직 부족한 게 많았지만, 가슴에 방송에 대한 불씨를 붙여준 이곳보다 방송을 배우기에 더 적합한 곳은 떠올릴 수 없었다.

「여기서 일하는 데 필요한 자질이 내게 있을까? 계약을 할 수 있을까?」

어떤 일에 열정을 느낄 때마다 마음속에서는 의심과의 전쟁이 벌어졌다. 내 목표가 비범해서 쉽지 않은 길을 가야 할 때면 더 그랬다. 내가 나의 가장 시끄러운 안티일 때가 많았고, 나

243

를 번번이 무너뜨리는 것도 다름 아닌 내 안에서 벌어지는 의심과의 전쟁이었다.

「어떻게 의심을 멈추지?」

의심을 즉시 멈출 수 있는 마법의 버튼을 찾진 못했지만, 나를 믿는 습관을 들이다 보면 언젠가 그런 습관이 제2의 천성이 된다는 것을 알게 되었다. 이 여정이 내게 가르친 교훈이 있다면, 보통 멋진 일이 일어나기 직전에 의심이 든다는 것이다. 이럴 때는 다만 마음 속 깊이 하나님과 나를 믿어야 한다.

믿음과 공포는 잘 어울리지 못하므로, 나는 믿음을 켜고 공포를 끄는 방법을 배우는 중이다. 나는 믿음을 기분 좋은 영화로, 공포를 무서운 영화로 생각한다. 무서운 영화를 보면 긴장하게 되고 밤이면 괴물이 내 침대 밑이나 옷장 안에 있지 않을까 걱정하게 된다. 그래서 나는 무서운 영화를 별로 안 좋아한다. 반면에 기분 좋은 영화를 보면 영감을 받고, 힘을 얻고, 뭐든지 할 수 있을 것 같은 기분이 된다.

믿음과 공포도 마찬가지다. 공포는 내게 더 심한 공포와 의심을 안겨준다. 반면에 믿음은 희망과 용기를 준다. 무서워도 할 일을 해야 할 때가 있다. 그럴 땐 도약할 용기를 불어넣어주는 믿음을 붙들어야 한다.

로스앤젤레스에서 돌아온 나는 갈림길에 서 있었다. 드디어 무슨 일을 하고 싶은지 알았지만, 그 일을 할 기회가 주어질지 알 수 없었다. 식물인간에서 깨어났을 때는 그저 평범한 스물한 살이 되고 싶었다. 대학에 가면 그렇게 될 수 있을 줄 알았다. 그런데 멋지고 특별한 일이 자꾸만 일어나고 있었다. 고등학교 때는 금메달을 따고 세계 신기록을 세우는 일이 그랬고, 고등학교 이후에는 강연하러 돌아다니고 방송에 출연하는 일이 그랬고, 그다음에는 프로젝트 워크, 이제는 ESPN이 그랬다. 또래 아이들 대부분이 대학에 가서야 자기 인생을 계획하는데, 신기하게도 나는 내가 어떤 인생행로를 걷고 싶은지 이미 알았다. 수영과 강연 너머에 있는 길이었다. 다만 어떻게 첫발을 내디뎌야 하는지 알 수 없었다.

「희망을 품고 기다리면서 기원하자.」

아름다웠던 9월의 어느 날 아침, ESPN 웰컴 센터에 앉아 있던 나는 참석할 회의가 종일 빽빽하게 잡힌 걸 확인했다.

「이거다. 드디어 오늘 결정되는 거야. ESPN에 남게 될까? 아니면 집에 돌아가서 처음부터 다시 시작하게 될까?」

아주 오랫동안 길을 잃었다가 다시 찾은 느낌이었다. 미래를 생각하면 기쁘고 설레는 마음이 드는 게 수영을 빼앗긴 후로 처음이었다. 더는 수영장을 뒤돌아보며 상황이 달랐더라면 하고 바라지 않았다. IPC가 판정을 번복해 내게 공정한 기회를 주기를 기다리지도 않았다. 로스앤젤레스에서 ESPN 마이크를 잡았을때, 수영과 IPC는 지난 일이 되었다. 그리고 드디어 이 열정을 좇으며 계속 앞으로 나아갈 수 있을지 알게 되는 날이 온 것이다.

"빅토리아, 당신이 로스앤젤레스에서 보여준 역량이 그저 그랬다면 전 직설적으로 말했을 거예요. 매니저를 구하고 다른 방송국에 가서 실력을 키운 다음에 다시 오라고요."

"네, 이해합니다."

"그런데 그럴 필요가 없네요. 당신은 ESPN 사람이에요. 여기서 일해보라고 제안하고 싶어요."

"정, 정, 정말이세요?"

"네, ESPN에 온 걸 정식으로 환영합니다."

나는 꽤 힘든 시간을 빠져나온 참이었다. 새로운 의미를 찾느라고 평생 붙들고 있던 가치들을 놓치게 되었다. 그런데 스물한 번째 생일이 지난 지 얼마 되지 않아 ESPN에서 일자리를 제안받았고, 지금까지 ESPN에 고용된 사람 중 최연소로 방송인이 되었다.

이 경험은 하나님이 어떻게 우리의 역경을 위대한 재기의 발판으로 삼으시는지 다시 한 번 깨닫게 해주었다. ESPN이 손을 내밀어 내가 두 발로 일어설 수 있도록 도와주었다. 비유하

자면 그렇다는 것이다. 그때는 그 일이 내게 신체적 도움까지
줄 줄은 꿈에도 몰랐다.

다시 일어설 때였다.

믿음이 현실로,
빅토리아 다시 걷다!

흉터.

내게 흉터란 아팠던 순간과 힘들었던 일을 자꾸만 생각나
게 하는 것이다. 흉터는 보이는 것도 있고 보이지 않는 것도 있
다. 이 여정은 내게 많은 상처와 흉터를 남겼다. 온갖 수술을 받
으며 생긴 흉터는 대부분 나았다. 위루관을 꽂은 자리에 생긴
배의 흉터는 옷에 가렸고 횡단척수염 염증 때문에 생긴 등의
흉터도 옷에 가렸다. 그래서 모든 흉터가 보이지 않게 되었다.
하나만 빼고 말이다. 바로 휠체어다.

"다시는 걸을 수 없을 겁니다. 척수 손상은 돌이킬 수가 없
습니다."

상태가 호전되어 점차 일상으로 돌아오던 2010년에 이 말

을 듣고 또 들었다.

2년 이상 마비가 지속되면 걸을 수 있는 확률이 0에 가까워지는 게 사실이다. 아프고 2년이 지난 후에도 난 여전히 식물인간 상태였다. 그러니까 사실상 4년 동안 마비 상태였고, 이로써 내가 다리 기능을 회복할 가능성은 더욱 줄었다.

걸을 수 없다는 사실을 받아들인 줄 알았다. 살아 있음에 감사했고, 어느 정도 '정상'적인 데 감사했다. 휠체어는 일을 복잡하게 만들었지만 나를 멈춰 세우진 못했다. 하지만 집을 나서면 휠체어를 탄다는 사실이 괜찮지 못했다. 낯선 사람들은 나를 이상한 사람처럼 대했고, 학교 아이들은 잔인했다. 시간이 지날수록 내 상황이 불만족스러워졌다. 자유롭게 걷는다는 게 어떤 느낌인지 알기에 점점 더 자유를 갈망하게 되었다. 아침에 막 잠에서 깨어 아직 정신이 몽롱할 때 침대 너머로 다리를 미끄러뜨려 일어서려 한 적이 종종 있었다. 하지만 당연히 바닥으로 굴러 떨어졌고 퍼뜩 내 현실을 절감했다.

휠체어에 매인 몸이 됐지만 괜찮다고 스스로에게 거짓말하고 있었음을 깨달았다. 솔직히 말하면 휠체어가 끔찍이도 싫었다. 휠체어는 끈질기게 내가 겪은 일을 상기시켰다.

정말이지 온갖 희박한 확률을 다 이겨냈는데 딱 하나 '걷기'에만 실패했다는 사실을 받아들일 수가 없었다. 나는 살아남았고, 믿을 수 없이 빠른 속도로 회복했고, 삶을 되찾았다. 그리고 내 인생과 이력서는 보통 사람이 꿈도 못 꾸는 멋진 경험과 업적으로 가득했다. 하지만 나는 두 발로 서지 못했다. 침대에서 벗어나면 휠체어를 타야 하는 현실을 뛰어넘지 못하는 나의 무능이 매일 나를 괴롭혔다. 휠체어는 이 전투가 남긴 최후의 상처였다.

휠체어를 멋들어지게 꾸미고, 화려한 주차 솜씨를 뽐내고, 가족과 친구들과 유쾌한 순간을 보내며 휠체어를 타는 사실을 최대한 좋게 생각해보려고 했다. 우리 가족과 친구들은 모두 이상한 유머 감각이 있어서 가끔 휠체어를 가지고 못 말리는 장난을 칠 정도였다. 윌리엄과 캐머런은 나를 위해 휠체어 밴을 운전하는 방법, 영양 공급 펌프가 빠지거나 작동하지 않을 때 대처하는 방법 등을 배웠다. 만만치 않은 일이었지만, 두 사람은 발 벗고 나서서 도와주었다.

하지만 휠체어를 탄 사람이 주변에 있으면 극도로 어색해하는 사람들이 있다. 하루는 윌리엄과 캐머런하고 쇼핑하러 나갔다. 셋이 처음으로 외출하기 시작하던 때였다. 옷가게에서 셔츠를 구경하는데 나를 뚫어져라 쳐다보는 여자가 있었다. 좀 평범하게 쇼핑하길 바랐는데 이 여자가 내 계획을 망치고 있었다.

그녀는 나와 이야기하고 싶어 하는 기색이었지만, 일부러 그녀의 시선을 피했다. 그런데 위를 쳐다보자 그녀가 좀 기괴한 미소를 지으며 내 앞에 바짝 서 있었다.

"왜 휠체어를 타고 있어요?"

그녀는 어린아이 같은 고음으로 물었다. 윌리엄과 캐머런이 그 말을 들었고, 나는 두 사람에게 나를 거들어 달라는 눈짓을 했다.

"무슨 말씀이세요?"

내가 묻자 그녀는 혼란스러운 표정을 지으며 고개를 갸우뚱했다.

"휠체어에 앉아 있잖아요. 뭐가 잘못된 거예요?"

이 마지막 한 마디가 기폭제였다.

"잠깐만요. 지금 이게 휠체어라고요? 아니야! 이럴 순 없어! 윌리엄, 캐머런, 너희 왜 사실대로 말 안 했어?"

윌리엄과 캐머런이 얼른 달려와 가세했다.

"그런 말을 왜 하셨어요!"

윌리엄이 웃음을 참으며 여자에게 소리쳤다. 캐머런은 휠체어를 밀고 가게 밖으로 나가며 말했다.

"잘됐네요. 정말 잘됐어요. 감사하기도 해라."

주변에 아무도 없자 우리 셋은 눈물이 나올 만큼 자지러지게 웃었다. 그런 순간들 덕분에 휠체어로 빚어진 상황이 견딜 만했다. 좋은 상황은 아니었지만 우리는 그 상황을 유쾌하게 연출했고 웃음을 발견했다. 웃지 않으면 결국 울어야 하기 때문이다.

* * *

하지만 유쾌한 순간과 멋들어진 휠체어에도 불구하고 여전히 마음이 심란했다. 무슨 일을 하든 어떤 성취를 이루든, 자고 일어나면 내가 넘어서지 못한 최후의 장애물을 맞닥뜨려야 했다.

「불가능한 일이라는 거 누가 정하는 건데?」

불가능한 일을 해내는 게 내 특기인 것 같은데, 누가 나더러 무엇이 가능하고 무엇이 불가능한지 스스로 정할 수 없다고 한단 말인가?

"빅토리아, 네가 정말로 하고 싶은 게 뭐야?"

"걷기요."

"그럼 우리 한번 해보자."

항상 엄마는 무엇이든 가능하다는 태도였다. 어린 시절에 선생님이 내게 커서 뭐가 되고 싶은지 물었을 때 나는 자랑스럽게 금메달리스트라고 대답했다. 아이들은 웃었고 선생님조차 흘러나오는 실소를 감추지 못했다. 그래도 나는 내 포스터에 커서 금메달리스트가 되겠다고 썼다. 반짝이는 포스터를 집에 가져와 엄마에게 보여주자 엄마가 대견해하며 말했다.

"우리 귀염둥이, 넌 뭐든지 될 수 있어. 한번 시도해보렴."

엄마는 언제나 나를 가장 열렬히 응원해주는 사람이었기에 내가 걷는 법을 배울 기회가 (아니, 시도만 해볼 기회가) 생겼을 때 곧장 달려든 것도 놀라울 일이 아니었다.

휠체어에서 벗어나려고 처음 시도했을 때 부모님이 내게 한 약속이 있었다. 부모님은 내가 빼앗긴 것들을 전부 되찾을 수 있도록 도우며 여생을 보내겠다고 했다. 당장은 뾰족한 수가 없지만, 나를 두 발로 서게 할 방도나 치료법을 찾는 일을 멈추지 않겠다고 맹세했다. 그때는 우리 중 누구도 3년 후에 해답을 얻게 될 줄 몰랐다.

엄마와 나는 2013년 9월부터 11월까지 캘리포니아 샌디에이고에 있는 세계적인 회복 치료 센터, 프로젝트 워크에 다녔다. 하지만 동부에 우리 삶의 터전과 가족이 있기 때문에 거기서 보낼 수 있는 시간은 한정적이었다. 마지막 날이 다가오자 우리는 프로젝트 워크 CEO를 만나 앞으로 마비 치료를 어떻게 계속할지 계획하는 데 도움을 받았다. 일단 마비 치료는 꾸준해야 한다. 그렇지 않으면 공들여 쌓은 탑이 순식간에 무너질 수 있기 때문이다.

CEO는 프로젝트 워크가 체인점인데 아직 동부에는 지점이 없다고 했다.

"엄마, 엄마의 소명을 찾은 것 같아요."

엄마는 어렸을 때부터 다른 사람을 돕는 일을 하고 싶어 했다. 나도 엄마를 닮아 같은 열정을 품고 있었다. 엄마는 형제들과 내가 어렸을 때는 집에서 우리를 돌봤고 그중 몇 년은 날 간호하며 보내느라 적당한 일을 찾지 못했다. 형제들과 내가 큰 후에도 엄마는 다른 사람을 도우며 세상에 변화를 일으키고 싶어 했다. 캘리포니아에서 우리는 어떻게 다른 사람을 도울 수 있을까 자주 이야기했지만, 우리가 무엇을 할 수 있을지 몰랐다. 하지만 프로젝트 워크 CEO를 만나 체인점 이야기를 들은 순간 우리는 알았다. 다음 할 일은 이거였다. 이거야말로 엄마와 내가 찾던 일이었다.

2015년 1월 24일, 눈보라가 심하게 몰아치던 날에 프로젝트 워크 보스턴 지점이 문을 열었다. 보스턴 지점은 나뿐만 아니라 나와 비슷한 시련을 겪은 사람들에게 우리 가족이 선사하는 선물이었다. 우리 가족과 비슷한 상실을 겪은 환자들과 그 가족들이 여기서 치유하고 혼자가 아님을 느낄 것이었다.

새롭게 문을 연 보스턴 지점의 수석 트레이너인 존은 의무병으로 복무한 제대 군인이었다. 존은 강인하고 터프했으며 나를 어떻게 밀어붙일지 알았다.

"당신은 프로 운동선수니까 프로 운동선수답게 훈련시킬 겁니다."

일주일에 5일, 하루에 대여섯 시간씩 재활치료를 했다. 존은 전에 경험해보지 못한 방식으로 나를 시험하고 한계 너머까지 밀어붙였다. 존이 내게 프로 운동선수답게 훈련시키겠다고 말한 건 농담이 아니었다. 존은 내가 어떻게 움직이고, 무엇이 나를 자극하는지 금세 알았다. 그리고 우리는 아주 중요하고 왠지 낯설지 않은 목표를 세웠다.

내 다음 금메달은 두 발로 서는 것이었다. 이 불가능을 가능으로 만들 차례였다.

"할 겁니까?"

"네, 이보다 더 원하는 건 없으니까요."

"좋습니다. 본격적으로 해봅시다."

그렇게 시작됐다.

불가능한 일에 끈질기게 매달리며, 어떤 생명 징후라도 찾으려고 허구한 날 다리를 쳐다보는 일은 엄청난 좌절감을 안겨줄 때도 있었다. 매일 아무 일도 일어나지 않았고, 내 근육은 움찔하지도 않았다. 프로젝트 워크의 다른 회원들은 자기 근육이 움찔거리는 거라도 봤는데, 내 다리는 완전히 죽은 것 같았다.

계속 나아가도록 스스로 동기 부여하는 일은 매일 출근해서 일하는 것과 맞먹는 노력이 들어간다. 죽은 듯한 다리가 살아날 그 희박한 확률 너머를 바라보는 일은 쉽지 않았다. 그럴 때는 좌절감을 승화시키는 방법을 아는 존 같은 트레이너를 두는 게 가장 중요하다.

"사경을 헤매면서 투병할 때 중도에 포기했어요?"

"아니요."

"런던 패럴림픽을 준비하며 훈련할 때랑 금메달 땄을 때 중도에 포기했나요?"

"그때도 안 했어요."

"그럼 이제 와서 포기할 이유가 뭡니까?"

* * *

중도 포기하지 않도록 스스로 동기 부여하는 일은 그 자체로도 업적이다.

「계속 나아가라. 멈추지 말라.」

우리 운동선수들은 결실 맺는 것을 좋아하고, 보통은 재빨리 결실을 맺으려고 한다. 제대로 훈련해본 사람이라면 그렇지 못할 때의 좌절감을 알 것이다. 대체로 실력은 미세하게 향상

돼서 알아차리기 힘들다는 것도 알 것이다. 하지만 아무리 힘들고 좌절감이 들더라도 우직하게 가던 길을 가야 한다. 불가능한 일을 이루려면 불가능이란 없다는 듯이 훈련해야 한다.

「다시 시도하고 또다시 시도하라.」

나는 거듭거듭 밀어붙이고 나아가면서 무슨 일이 일어나길 기도했다. 하지만 언제나 그렇듯 의심이 스멀스멀 올라왔다.

「아무도 해낸 적 없는 일인데, 나 미친 거 아닐까? 정말 이게 가능할까?」

2015년 11월 11일, 오른쪽 다리가 움찔했다. 거의 10년 만에 자의로 근육을 움직인 것이다. 내게 필요한 건 그뿐이었다. 그게 내게 필요한 추진력이었다.

지나온 여정에서 그랬듯 작은 승리가 큰 승리로 이어졌다. 작고 미세하게 근육이 움찔한 일이 추진력을 만들었다. 운동선수들은 여세를 몰아가는 걸 좋아한다. 잘 풀린 경기 하나, 기록을 단축한 시합 하나로 특별한 자신감과 추진력이 생긴다. 조금이라도 발전된 모습을 보면 계속 성실하게 노력하게 된다. 성장하고 성취하는 느낌이 좋아 절대로 중도에 포기하지 않게 된다.

근육이 움찔한 일은 대퇴사두근이 활발히 반응하는 일로 이어졌고, 한 발을 떼는 일, 그리고 반대편 발까지 떼는 일로 이어졌다. 2016년 3월, 하반신 마비가 된 지 10년 만에 나는 다시 두 발로 서게 됐다. 내가 언제 두 발로 서지 못했냐는 듯이 말이다. 한 발을 내딛는 일이 계단 한 칸을 올라서는 일로 발전했고, 계단 한 칸을 올라서는 일은 다시 70cm 상자를 뛰어오르는 일로 발전했다.

물론 거기서 멈출 수 없었다. 나는 뛰어올랐고(아직 뛰어내리진 못했다), 자전거를 탔고, 달리기를 했다. 그리고 두 발로 선 지 약 1년 만에 알프스에서 스키를 탔다. 매일 불가능에 도전하며 전보다 열심히 훈련했다. 왜 그토록 열심히 훈련했냐고? 나는 모든 걸 잃는다는 게 어떤 건지 알았고, 무너진다는 게 어떤 건지 알았다. 그래서 두 번 다시 모든 걸 잃고 싶지 않고, 절대로 무너지고 싶지 않았기 때문이다.

「더 강해지고 나아지는 일을 절대로 멈추지 말라. 끊임없이 앞으로 나아가라.」

큰 승리를 쟁취하는 일이나 뭔가를 이뤄내는 순간이 으레 그렇듯이 뭐든 공짜는 없다. 크든 작든 모든 승리와 황금 같은 순간에는 피, 땀, 눈물이 들어간다. 트로피를 들어 올리는 순간이나 목에 메달이 걸리고 국가가 울려 퍼지는 순간에는 대가가 따른다. 역경에 부딪히고 전에는 미처 존재하는 줄도 몰랐던 깊은 수렁에 빠지기도 한다. 하지만 당신이 넘어질 때마다 더

높이 일어나 전보다 나아질 기회가 주어진다.

문제는 이것이다. 당신은 넘어져도 일어나겠는가? 모든 어려움과 역경과 눈물에는 그만한 가치가 있다. 자신을 믿고 도전해보라.

무엇이 가능한지 보여주는 살아 있는 예시가 돼라.

가장 힘든 순간에 우리는 갈림길에 선다. 절망할 것인가, 희망할 것인가.

절망하며 울기는 쉽다. 인간인 우리는 절망감에 괴로워하기 마련이다. 울면 감정이 해소돼서 기분이 한결 나아지고, 카타르시스를 느끼며 상처가 치유된다. 그러므로 가끔 우는 건 괜찮다. 아니, 좋기까지 하다.

하지만 울기만 하느라 노력하지 않는 건 괜찮지 못하다. 나는 전쟁터에서 다친 전사를 떠올린다. 그는 아파도 일어나 한 발 한 발 걸어 나가려고 애쓴다. 그 전사처럼 나도 다쳤지만 일어나서 한 발 한 발 걸어 나가려고 애쓴다. 눈물과 땀을 쏟으며, 희망과 낙관을 잃지 않으며, 내 몸이 어디까지 해내는지 보고 놀라워한다.

사실, 나는 남은 평생 매일 재활훈련을 해야 한다. 날마다 내 몸을 속이며 다리가 마비되지 않았다고 구슬려야 한다. 재활치료를 빠뜨리거나 피곤한 날에는 다리가 잘 안 움직이고,

근육이 빨리 반응하지 않는다. 내 신경계는 계속해서 원상태를 회복하려고 한다. 스트레스를 받거나 아프면 제일 먼저 다리 기능을 상실한다. 이런 이야기는 한 번도 공식적으로 해본 적이 없다.

신경 손상은 절대로 회복되지 않을 테고 여전히 두 다리에 감각이 없다. 상처를 숨기려고 갖은 애를 썼지만, 얼마나 멀리 달아나든 수년 전에 입은 신경 손상에서 절대로 도망칠 수 없음을 안다. 하지만 괜찮다.

처음에는 이 사실을 받아들이기가 힘들었다. 특히, 신경 손상을 피할 수도 있었기에 더욱 그랬다. 하지만 '만약에'라는 생각에 빠지지 않기로 했다. 한번 빠지면 그 비통함과 후회가 평생 독이 될 테니 말이다.

다시 휠체어를 타느니, 더 끔찍하게는 다시 식물인간이 되느니, 차라리 신경 손상으로 신경통을 앓으며 다리와 발에 감각이 없는 게 낫다.

나는 모든 걸 잃는 게 어떤 건지 알지만 잃은 건 전부 되찾고, 그 이상을 얻었다. 이 여정에서 나는 거듭 넘어졌지만 거듭 다시 일어났다. 비유하자면 그랬고 실제로도 그랬다.

나는 열 번 넘어져도 열한 번 일어날 것이다. 우리는 넘어질 때마다 멋지게 재기할 기회를 얻는다. 나는 멋진 재기라는 보상을 매일 누리고 있다.

메달을 따는 일은 근사하고 황홀했지만, 금메달을 땄던 순
간이 내 '금빛' 순간은 아니었다. 메달이나 트로피나 상이 좋기
는 해도 결국 물질적인 것이다. 그것들이 날 규정하진 않는다.
나를 (그리고 우리 모두를) 정말로 규정하는 것은 우리가 어떻게
역경을 극복하는가, 앞에 놓인 장애물에도 불구하고 어떻게 삶
을 살아가는가이다. 그리고 진정으로 중요한 것은 어떤 교훈을
얻는가, 경험을 통해 어떻게 성장하는가이다.

다시 걷게 된 일은 엄청난 선물이었지만 이 선물조차 골치
아픈 일을 줄줄이 달고 왔다. 다시 걷게 되면 행복하고 기쁘기
만 할 거라고 다들 생각할 것이다. 하지만 다시 서는 일은 몹시
도 두려웠다. 거의 제대로 걷지 못했던 초반에는 원래 할 수 있
었던 일도 못 하게 될까 봐 겁이 났다. 걸으면 힘들고 고통스럽
고 진이 빠져서 처음엔 어디든 천천히 갔다. 다시 걷는다는 것
은 핫 핑크 목발부터 시작해 온갖 다리 보조기를 거치는 지난
한 과정이었다.

게다가 자아 정체성 문제까지 덮쳤다. 대중들이 아는 나는
휠체어에 탄 사람이었지 걷는 사람이 아니었다. 나조차 걷는 내
가 낯설었고, 스스로 걷는 모습을 보고 이게 나인가 싶을 때가
태반이었다. 지금까지도 차에서 휠체어를 가져와야겠다고 생

각할 때가 있다. 소파에서 일어나지고, 수납장 맨 위 칸까지 손이 뻗어진다는 사실 자체가 충격적이었다. 서 있다는 것에 적응하는 데 시간이 꽤 걸렸다. 게다가 온갖 입방아와 질문에 직면해야 했다. IPC와 언론이 내게 '2% 부족한 장애인'이라는 딱지를 붙이며 날 진창으로 끌어내린 일을 생각하면 더 그랬다.

ESPN에서 하는 일은 근사했지만 텔레비전에 나오는 일은 압박감이 심했다. 사람들 앞에 서는 일은 누구에게나 심한 압박감을 주지만, 시청자가 지켜보는 앞에서 장애인이었다가 비장애인이 된다면 그 압박감이 가중된다.

'사람들이 나에 대해 어떻게 생각하고 말할까? 언론이 사람들을 뒤흔들려고 할까?' 바보 같은 걱정으로 들리겠지만 정말로 이런 걱정과 고민을 하느라 밤에 잠들지 못했다. 다시 두 발로 서게 돼서 기뻤지만 사람들 앞에 나서는 일이 몹시도 두려웠다. 하지만 새로 얻게 된 보행능력은 비밀로 할 수 있는 일이 아니었고 결국에는 이 소식을 세상에 알려야 했다.

* * *

다시 걷는 법을 배우는 과정과 패럴림픽을 준비하는 과정은 무척 비슷했다. 훈련하고 또 훈련한다. 그리고 훈련만 생각한다. 먹고 자고 훈련하는 일을 반복한다. 스트레스와 압박감을 훈련으로 해소한다. 그리고 어느 날, 목에 금메달이 걸린다. 혹은 서서 걷게 된다.

그러나 내가 자유를 피부로 느끼기까지는 오랜 시간이 걸렸다. 머리로는 내가 자유라는 것을 알았지만 가슴으로는 깨닫지 못했다. 그런데 2016년 3월, 처음 걸은 지 1년이 지나서야 그 사실을 피부로 느끼게 됐다.

깨달음이 찾아온 건 어느 화창한 날, 오스트리아 슐라드밍 알프스 한복판에 떠 있는 스키 리프트에서였다. 나는 2017 세계스페셜올림픽을 취재하러 슐라드밍에 와 있었다. 스키와 스노보드 경기 취재를 맡았는데, 다음 촬영까지 시간이 뜨자 스키를 타기로 했다.

그림처럼 아름다운 날이었다. 산 정상으로 올라가는 길에 완벽한 경치에 감탄하며 고개를 숙여 내 발에 달린 스키를 보다가, 다시 고개를 들어 햇살이 쏟아지는 파란 하늘과 주변 산을 보았다. 심장이 뛰며 입가에 미소가 떠올랐다. 바로 그 순간 깨달았다.

「나는 살았구나. 정말로 돌아왔구나. 게다가, 전보다 더 나은 삶으로 돌아왔어.」

어째서 이날 깨달음이 찾아왔는지는 모르지만 이로써 내

여정이 터닝 포인트를 맞이했다. 세 살 때부터 스키를 탔던 내가 두 발로 슬로프에 돌아왔고, 모든 게 제자리를 찾은 것을 넘어 더 나아지기까지 했다. 마침내 영혼의 평화를 얻었다.

고통스러워 숨거나 도망치려 한 적도 많았다. 한동안은 하나님에게서도 도망치려고 했다. 하지만 이날 스키 리프트 위에는 오롯이 나와 하나님만 존재했다. 하나님과 나만 존재한 날은 전에도 많았지만 이제야 다 괜찮게 느껴졌다. 다른 감정들이 모두 정리되고 나서야 내가 자유라는 사실을 믿을 수 있게 된 것이다. 두려움이 사라졌다. 허물을 벗으려고 몸부림치는 번데기 같았던 나는 마침내 나비가 되어 10년 만에 처음으로 날게 되었다.

주님과의 약속을
지키기 위해

2017년

「다시 한 번 기회를 주셔서 제 삶을 비롯해 제가 빼앗긴 모든 것을 돌려주신다면, 앞으로 담대하게 살면서 제 목소리로 세상을 바꿀게요.」

내가 하나님께 한 약속이다.

생애 가장 캄캄했던 밤에 하나님을 향해 울부짖으며 간절히 빌었다. 내 기도를 들으시고 여기서 날 꺼내달라고 빌었다. 살고 싶었지만 이렇게 고통스러운 식물인간 상태로는 아니었다. 세상 속에서 살고 싶었고 자유롭고 싶었다. 나는 약속했다. 그리고 하나님이 내게 삶을 돌려주시기로 한다면, 나도 하나님께 약속을 지켜야 하리라는 걸 알았다.

엄마와 눈을 맞추고 세상으로 조금씩 기어 나온 후, 단 한 번도 그 약속을 잊은 적이 없다. 시간이 지날수록 하나님이 내 기도에 정확히 응답하시는 걸 보게 됐다. 눈을 깜빡이는 일은 신음으로 발전했고, 신음은 한 단어, 두 단어, 이윽고 완전한 문장으로 발전했다. 한 발 한 발 세상 속으로 돌아갔다. 두렵기도 했지만 설레기도 했다. 나는 마침내 4년 동안 나 없이 흘러간 세상의 일원이 되어 살아가게 되었다.

다른 사람에게는 내 회복 속도가 빨라 보였지만 내게는 영원처럼 더뎠다. 그래서 전력 질주하듯이 살았다. 건강을 회복하고, 배우고, 강해지고, 독립적이 되는 일은 하나같이 고되었다. 하지만 나는 잃어버린 시간을 만회해야 했고, 다른 사람들을 따라잡아야 했다. 시간이 지날수록 만회하고 따라잡는 일에 정신이 팔려서 하나님께 한 약속은 뒷전이 되었다. 하지만 황홀한 순간들이 지나가고 나면, 나는 내 약속을 다시 떠올리게 될 것이었다. 언젠가 지난날을 되짚어야 할 때가 올 줄 알고 있었다.

마비를 겪은 대부분의 사람은 걷기, 달리기 등의 능력을 두 번 다시 회복하지 못한다. 어느 정도 정상적으로 생존하거나 재활하기는커녕 아예 깨어나지 못하는 사람도 있다. 내게 기적이 일어나기 전까지 나도 그 엄혹한 현실에 지겹도록 부딪혔다.

「마비가 온 대다수 사람이 이런 축복을 누리지 못하는데 나는 어떻게 다리를 되찾은 걸까?」

당연히 감사했지만 죄책감을 비롯한 온갖 감정에 시달렸다. 식물인간 상태에서 막 빠져나왔을 때 느낀 감정들과 무척 비슷했다. 희박한 확률을 이겨낸 건 엄청난 축복이지만 '생존자의 죄책감'이 뒤따랐다. 나의 소식은 휠체어를 타는 사람, 장애가 있는 사람, 횡단척수염을 앓는 사람들에게 '희망의 상징'이 될 터였다. 그러나 의학적 기적이 된 사람에게 그 기적을 어떻게 받아들이고 다룰지 알려주는 사람은 없었다. 죄책감은 여름날 폭풍우처럼 찾아온다. 온종일 햇살이 빛나다가 갑자기 천둥이 쾅 하고 덮치는 것과 같다.

마침내 그때가 왔다. 이 여정이 시작된 지 얼마 되지 않았을 때조차 내 사연을 나누게 되리란 걸 알았다. 하나님께 한 약속이 있었고, 하나님이 내 목소리와 삶을 회복시켜주셨기 때문에 절망스러웠던 내 삶을 통해 희망의 메시지를 전하리라 다짐했다.

하지만 쉽지 않았다. 내게 일어난 일을 책으로 쓰는 가능성에 대해 고려해보자 솔직히 어디서부터 시작해야 할지 알 수 없었다. 혼란스러웠던 지난 10년을 나도 아직 완전히 이해하지 못하고 있었다. 게다가 책을 쓰는 데는 자신감이 필요했다. 수필 한 편이나 글 한 토막이 아니라 무려 책을 쓰는 일이었고, 햇살이 쏟아지고 나비가 날아다니는 행복한 이야기를 담은 책도 아니었다. 나를 거의 죽음까지 몰고 간 끔찍한 고통을 상세히 묘사해야 했다. 내가 잊으려고 그토록 고군분투한 것들, 영혼 가장 깊숙한 곳에 묻어놓고 절대로 꺼내지 않으려 했던 것들을 말이다. 이런 기억을 되살리는 게 몹시도 두려웠다.

"빅토리아, 당신은 할 수 있어요. 당신의 사연을 나눠야 해요."

한 친구가 나를 댄 브라운Dan Brown이라는 작가에게 소개해줬다. 댄은 재능이 넘치고 역량이 뛰어난 작가다. 내 사연을 나누라고 격려해준 그는 내가 내 이야기를 글로 쓸 수 있다고 믿어주었다. 댄 같은 사람이 쓰라고 하면 쓰게 된다. 댄은 내게 훌륭한 멘토이자 이 정신없는 원고의 길라잡이가 되어주었다.

조엘 오스틴도 댄처럼 내가 내 이야기와 간증을 나누도록 격려해주었다. 나를 조엘에게 소개해준 사람은 그의 담임 목사인 크레이그 존슨Craig Johnson이다. 존슨 목사는 우리 교회 앤서니 마일러스Anthony Milas 목사에게서 내 이야기를 듣고서 내 이야기를 조엘도 알면 좋겠다고 생각했다. 조엘은 내 여정에서 핵심적인 역할을 했고 엄마와 내가 하나님을 더 깊이 알 수 있도록 도와주었다.

내가 아직 식물인간 상태였을 때 엄마는 매주 일요일이면 조엘의 설교 방송이 나오는 채널을 틀어 두었다. 그의 설교는 엄마와 나에게 계속 싸울 용기와 믿음을 주었다. 2016년 여름에 조엘과 함께 강단에 서도록 레이크우드 교회에 초청받았다.

그리고 '미국 희망의 밤America's Night of Hope' 행사 때 디트로이트 타이거 스타디움에 다시 한 번 초청받았다. 그것은 정말이지 내 인생을 뒤흔든 멋진 경험이었다. 나중에 조엘은 자신의 동료인 섀넌Shannon을 내게 소개해줬다. 댄과 조엘과 섀넌, 이 든든한 지원군들은 내가 내 이야기를 나눌 수 있게 응원해주었다.

내 이야기를 최종적인 형태로 전하려니 가슴이 두근거렸다. 제멋대로 해석을 갖다 붙이는 외부의 영향 없이 내 이야기를 전하고 싶었다. 날것 그대로 꾸밈없이 진짜 나를 담고 싶었다. 더는 감추지도, 미화하지도 않은 이야기 말이다. 반쪽짜리 진실을 말하라고 하나님이 내게 목소리와 책이라는 플랫폼을 주신 게 아니었다. 내가 고통받았듯이 고통받고 있는 사람들에게 반쪽짜리 진실이 무슨 보탬이 되겠는가.

그런데 한 가지 문제가 있었다. 끔찍한 일을 당할 때보다 곱씹을 때가 더 괴롭다는 것이다.

이 책을 읽은 당신은 이제 내가 상당히 끔찍한 일들을 겪었다는 사실을 알게 됐다. 혹시 이 책을 읽기 전에 이미 내 이야기를 접했더라도 이 책을 읽으면서 깜짝 놀랐을 것이다. 전에는 안 좋았던 부분까지 전부 밝히고 싶지 않았다. 솔직히 말하면, 내가 그렇게 힘없이 학대당하고 방치된 사실이 부끄러웠다. 혼자만 알고 싶은 진실이었다. 하지만 알려진 사람으로서 진실을 숨기기가 정말로 힘들었다. 몇 년간 내 이야기를 포장해서 말했는데 마음속 깊숙한 곳에서 작지만 강한 목소리가 이렇게 말했다.

「사실대로 말해야지.」

그 목소리를 무시하려고 애쓰면서 이렇게 생각했다.

「아니, 싫어. 절대로 거기까지 말하지는 않을 거야. 죽었다 깨나도 안 돼.」

하지만 나는 결국 이렇게 진실을 말하고 있다.

책을 쓰기 시작하자 이 여정이 얼마나 가혹했는지가 금세 되살아났다. 무감각해지려고, 다 잊으려고 너무나 노력해왔기에 세세한 기억까지 떠올리기 시작하자 익사할 것 같은 기분이 들었다. 하지만 이 책에 모든 것을 쏟아부으려면 좋았던 일도, 나빴던 일도, 끔찍했던 일도 남김없이 적어야 했다.

원고를 쓰기 시작하자 곧장 악몽, 공황 발작, 심한 불안감, 우울증이 덮쳤고, 시도 때도 없이 눈물이 났다. 2014년에 마음을 다 정리한 줄 알았다. 잃어버린 것들을 충분히 애도했고, 과거를 받아들였다고 생각했다. 그런데 아니었다.

보다시피 내 몸은 예나 지금이나 강인하고 육체적 시련이나 학대에 잘 맞서 싸운다. 하지만 내 가슴과 머리와 감정은 완전히 다르다.

책을 쓰는 동안 가라앉지 않고 내 할 일을 해내려고 노력했다. 미소 띤 얼굴로 세계 곳곳을 누비며 '완벽한' 삶과 커리어를 연기하는 일은 쉽지 않았다. 인생의 정점에서 밑바닥을 찍기도 했다. 겉으로 보기에 모든 것을 가진 듯한 나는 비행기를 타고 세계 곳곳을 누비며 많은 사람이 꿈꾸는 삶을 살고 있다. 하지만 내 성공은 대체로 퇴보의 두려움에서 비롯했다. 나는 성취욕이 강한 사람이고 원래 성향이 그렇다. 하지만 아프고 난 뒤에는 성취욕이 더 치솟았다.

날 오해하지 말길 바란다. 나는 내가 가진 것에 무척이나 감사한다. 다만 내 안은 완전히 망가져 있었다. 그리고 엄마와 할머니를 빼면 그 사실을 아는 사람이 없었다.

심지어 내가 살아남은 까닭에 의문이 생기기 시작했다. 지난날을 되짚는 게 괴로워 종종 견딜 수 없었기 때문이다. 더는 못 하겠다고 느낀 순간들도 있었다. 한번은 방송에 나가기 전에 몸을 웅크리고 엄마에게 전화해서 이렇게 말했다.

"어째서 계속 나아가야 하는지 가르쳐줘요. 나한테 살아야 한다고 말해줘요."

자랑스럽지 못한 순간이지만 있는 그대로 쓰겠다.

∗ ∗ ∗

이 삶과 여정에서 가장 두렵고 어둡고 고통스러운 시기로 돌아가자 날마다 악몽, 공황 발작, 시도 때도 없는 눈물, 자살 충동, 심한 통증, 견디기 힘든 불안감에 시달렸다. 외상후스트 레스 장애는 내가 괜찮다고 느끼는 순간에조차 날 호시탐탐 무 너뜨리려 하는, 심신을 좀먹는 질환이다. 내가 어리고 무고한 아이였던 시절 나는 걷어차이고 또 걷어차였다. 어쩌면 치료 가능했을 질환이 10년 동안의 투병으로 이어졌다. 내게 벌어진 일, 내가 당한 일은 처참했다. 그 학대가 남긴 상처는 나와 가장 가까운 사람들만 안다.

그렇다고 해서 속이 쓰리거나 화가 나지는 않는다. 사실 그런 감정은 거의 느끼지 않는다. 다만 필드하키 캠프에 가고 싶어 하고, 필사적으로 투병하며 살고 싶어 하는 소녀가 가여워서 이 책을 쓰는 내내 마음이 미어지는 듯했다. 어린 빅토리아는 그저 살고 싶어 했다. 주목받고 싶지도, 아프고 싶지도 않았다. 자신이 사랑해 마지않는 삶을 살고 싶을 뿐이었다. 다른 빅토리아들도 있었다. 모두가 지금의 나와 다르지만 그중 누구의 삶도 쉽지 않았다.

그 소녀였던 나를 위해 이 책을 썼고 진실을 담았다. 무자비하게 순진함을 강탈당한 그 소녀 말이다.

홀로 누워 죽어가던 그 소녀는 사랑하는 사람들에게 작별 인사를 남기려고 애쓰면서 '떠나보내도 괜찮다'고 자신을 위로했다. 세상에 어떤 아이도 홀로 남겨진 채 그런 일을 겪게 해선 안 된다. 그 소녀가 4년 간의 식물인간 상태에서 빠져나와 처음으로 한 말이 '저 사람들이 날 아프게 했어'였다는 사실에 아직도 가슴이 미어진다. 내가 우리 가족에게 처음으로 했던 말이다. 지금까지도 그 일이 떠오른다. 차츰 덜 아프게 느껴지긴 하지만 말이다.

영화를 보면 커다란 단검이나 장검으로 적들을 푹푹 찌르는 전사들이 나온다. 검으로 찌르는 것은 상대를 천천히 죽이기 위함이다. 조금씩 파고들며 견딜 수 없는 고통을 야기해서 희생자를 고문하는 것이다. 칼에 찔린 통증은 움직이거나 숨을 쉴 때마다 더 격심해진다. 가만히 누워 있어야지만 통증이 덜한데, 그러면 삶도 멈추게 된다.

물리적인 칼이 아니라 정서적인 칼이 당신을 찌르기도 한다. 그리고 정서적인 칼도 마찬가지로 깊은 자상을 남긴다.

이 여정에서 나는 수많은 칼에 찔렸지만 계속 맞서 싸웠다. 내게 꽂힌 칼들을 빼지 않은 건 피를 흘릴까 봐 두려웠기 때문이다. 한번 피를 흘리기 시작하면 멈추지 못하고 모두 쏟을 것 같았다.

10년이 넘는 세월 동안 정서적 칼들에 찔린 채 살아왔고, 천천히 그러나 꾸준히 파고드는 칼과 그 고통에 나도 모르게 익숙해졌다. 고통에 무감각해지려고, 내가 찔린 사실을 잊으려고 최선을 다했다. 그러면 또 다른 칼이 나를 찔렀지만, 무슨 일이 있든지 난 앞으로 나아가야 했다.

최근에 이 칼들을 비롯해 그것들이 안긴 고통을 인지하기 시작했다. 오래되어 녹이 슬었지만 예리한 칼들이 내 삶에 당연한 존재가 되었다는 게 마음을 괴롭혔다. 내 것이 아닌데도 너무 익숙해져서 이 칼들이 없는 삶을 알지도, 기억하지도 못했다. 그런데 글을 쓰기 시작하자 이 칼들이 모습을 드러냈다.

아프고 힘들었던 시기를 되짚고 나자 이 칼들을 빼내야 한다는 사실을 깨닫기 시작했다. 이 칼들이 내 발목을 잡고 있었다. 생각해보라. 당신 가슴에 여러 개의 칼이 삐죽삐죽 꽂혀 있다면 얼마나 고통스러울지 말이다.

종이 위에 단어, 기억, 이 여정의 부분 부분이 드러날 때마다 칼들이 서서히 뽑히기 시작했다. 10년이 훌쩍 지나서야 처음으로 피를 흘렸다. 지난날의 기억이 주는 고통이 견디기 힘들 때도 있었다. 그러나 나를 치유하기 위해 거친 숨을 몰아쉬며 끔찍했던 순간을 일일이 마주했다. (그레이 아나토미Grey's Anatomy를 보고 얻은 의학 상식인데) 피를 흘릴 때에야 비로소 상처도 낫기 시작한다.

내게는 지켜야 하는 약속이 있었다. 하나님은 내 기도에 응답하시고 내게 삶을 돌려주셨다. 심지어 내가 상상한 것보다 더 좋은 삶을 주셨다. 하지만 보통 우리가 하고 싶은 일이나 해야 하는 일은 쉽지가 않다. 또, 쉽지 않은 일은 꼭 고통스럽기까지 하다.

죽음의 문턱에서 돌아온 후에는 훨씬 더 감사하고 경건한 마음으로 삶을 바라보게 되었다. 스물세 살에 이미 많은 것을 이루고 여러 방면에서 계속 발전하는 것은 내가 살아 있음을 증명하는 나만의 방법이었다. 하지만 대부분 사람이 햇살만 보지 햇살이 나오기 전에 몰아쳤던 폭풍우는 모른다. 수년간 병원 침상에 갇힌 채로 나 없이 흘러가는 세상을 지켜봤던 탓에 이후에는 보이지 않는 다람쥐 쳇바퀴를 끊임없이 굴리듯 살았다. 피곤할 때조차 쉬지 않고 달렸다.

날마다 우리는 고군분투하며 자기만의 전쟁을 치른다. 달아나 숨기는 쉽지만 어차피 붙잡히고 만다. 결국에는 차분히 앉아서 자기 문제를 보고 느껴야 하는 것이다. 재밌는 일도 아니고 까무러치게 고통스러울 수도 있지만, 그렇게 함으로써 우리는 엄청난 힘을 얻을 수 있다. 내면의 평화를 되찾고, 우리를 끌어내리려고 날뛰는 고통스러운 순간과 기억들에 맞서 싸울 수 있다. 그냥 믿음을 가지고 싸워야 한다. 이런 싸움에 대해서라면 지난 수년 동안 잘 알게 되었지만, 이 책을 쓴 6개월 동안 배운 것이 지난 11년 동안 배운 것보다 많은 것 같다.

이 여정 내내 말했듯이 내게 선택권이 있다면 내게 일어난 일을 절대로 겪지 않을 것이다. 하지만 이미 일어나버린 일을 절대로 바꾸지도 않을 것이다. 지금 '나'라는 사람, 내 삶이 흘러가는 방향, 내가 걸어온 길은 모두 전에는 꿈도 꾸지 못한 것이었다. 그렇게 고통받지 않았다면 좋았을 테지만, 평범치 않은 역경과 고통이 우리를 특별한 경험과 비범한 삶으로 이끈다는 것을 이제는 안다.

* * *

이 여정 내내 어떤 외부의 힘과 싸웠다. 가장 좋은 예시는 이거다. 물속에 있을 때 몸 안의 공기를 모두 내보내면 아래로 가라앉기 시작한다. 수영선수인 내게 물속은 언제나 특별한 곳이지만, 지난 10년 동안 나는 수면에 닿으려고 고군분투했다. 하지만 수면에 다가갈 때마다 어떤 사건이 일어나 나를 아래로 잡아당겼다. 그 사건은 질환이기도 했고, IPC 소동이기도 했고,

죽음과 미지에 대한 두려움이기도 했고, 더 최근에는 내게 있었던 일을 받아들이고 과거와 화해하는 과정이기도 했다.

헤엄을 멈추고 나를 아래로 잡아당기는 그 힘에 굴복하고 싶은 마음이 들 때도 있었다. 때때로 인생은 혼란스럽고 힘들고 답답하다. 대부분 깨닫지 못하지만, 우리는 우리를 아래로 끌어내리려는 힘과 싸우고 있다. 하지만 그때마다 위로 헤엄칠지 아래로 가라앉을지 결정할 수 있다. 철썩이는 파도에 맞고 혼비백산할 때도 있을 것이다. 하지만 차분하고 고요한 수면을 평화로이 떠다니면서 멋진 풍경에 감탄할 때도 있을 것이다.

밑으로 가라앉는 기분이 드는데 수면 위로 헤엄쳐 가기란 말처럼 쉽지 않다. 하지만 그래야 한다는 것을 오스트리아에서 스키 리프트를 탔던 그 순간에 깨달았다. 가끔 조금 가라앉아도 괜찮다. 다만 너무 깊이 가라앉지 않도록 한다. 그리고 원하는 만큼 힘차게 헤엄칠 수 없더라도 일단 계속 움직여라. 계속해서 헤엄쳐라.

수영은 끊임없이 움직이는 스포츠다. 올림픽 수영 경기든, 호수 수영이든, 생존 수영이든 모든 수영의 대전제는 끊임없는 움직임이다. 움직임을 멈추는 순간 가라앉거나 시합에서 지거나 익사하거나 떠내려간다. 적어도 내 경험에 의하면, 삶은 계속해서 헤엄치는 일과 같다. 물은 차분하고 고요하고 그림처럼 아름다울 때도 있지만, 일렁이고 불안하고 위험천만할 때도 있다. 하지만 어쨌든 움직임을 멈추지 않으면 앞으로 나아간다. 삶이란 앞으로 나아가는 일이다. 자신이 어디로 헤엄쳐 가는지 모르겠더라도 계속 팔을 저어라. 결국 수영도 한 팔씩 교대로 젓는 일이다. 하루하루 순간순간을 살면 된다. 수영하기 힘들 때도 있겠지만 괜찮다. 당신은 결국 수면에 닿을 것이다. 내가 약속한다.

수면에 영영 닿지 못할 것 같은 기분이 들어도 계속 움직여라. 물이 까마득하게 깊어 보이면 수면 위에 어른거리는 빛에서 시선을 떼지 말라. 그 밝은 빛은 당신이 얼마나 깊이 가라앉았든, 얼마나 힘이 빠졌든 당신 것이다. 멈추고 싶고 포기하고 싶은 그때야말로 젖 먹던 힘까지 끌어 모아 계속 나아가야 할 때라는 것을 나는 깨닫고 또 깨달았다.

그런데 어떤 때는 거센 물살과 씨름하고 가까스로 수면 위로 올라왔는데 눈앞에 절벽이나 산이 떡하니 버티고 섰을 때도 있다. 산을 오르는 모험을 하기란 두렵다. 거센 물살과 씨름한 뒤라면 더 그렇다. 피곤하고, 지치고, 기운도 없다. 이제 싸움은 사양이다. 하지만 그때야말로 자신을 믿고 산을 올라야 한다. 산이 어마어마하고 무시무시해 보여 산을 오르는 게 불가능해 보일 수도 있다. 하지만 당신이 사진으로 혹은 두 눈으로 직접 보았던 풍경을 떠올려보라. 오르기 힘든 산일수록 경치는 더 아름답다.

내가 10년 넘게 오르고 있는 이 산도 끝이 없는 것처럼 느껴지곤 했다. 절대로 정상에 오를 수 없을 것 같았다. 하지만 나는 담대하게 살면서 내 목소리로 세상을 바꾸겠다고 하나님께 약속했다. 그 약속을 지킬 작정이었다. 산을 오르는 일은 불가능한 일처럼 느껴지고 말도 못하게 힘들고 고통스러웠다. 하지만 그런 난관에도 불구하고 계속 산을 오른다면 결국 정상에 오를 것이다. 그곳에서 승리의 춤을 추리라.

마침내
꿈을 이룬 밤

2017년 9월 18일

"빅토리아 알렌과 그녀의 파트너 발렌틴 치메르코우스키가 차차차를 선보입니다."

「맙소사, 내 이름이잖아!」

꿈꿔온 순간이었다. 〈댄싱 위드 더 스타〉 시즌 25에 출연진으로 캐스팅된 나는 반짝이는 핫 핑크 프린지 팬츠에 화려한 크롭탑 차림으로 댄스 플로어에 서 있었다. 어린 시절에 꿈꿨던 이곳을 둘러보았다. 가장 고통스러웠던 순간에조차 〈댄싱 위드 더 스타〉에 출연하는 꿈을 꾸며 중환자실이나 우리 집 거실에 마련된 병상에서 이 프로그램을 보았다. 그런데 지금 내가 여기 서 있었다. 더는 옆에서 구경만 하는 처지가 아니었고, 역대 최고의 동료인 발렌틴 치메르코우스키와 짝이 되어 직접 경연에 참여하고 있었다.

각 출연자가 춤을 선보이기 전에, 집에 있는 시청자들과 경연장에 있는 관객들을 위해서 준비된 인트로 영상이 재생된다. 방송 첫째 주 영상은 각 스타를 소개하고 그들이 〈댄싱 위드 더 스타〉에 출연하기까지의 사연을 설명했다. 짐작하겠지만, 내 사연은 눈물샘 자극용이었다. 내 영상의 상당 부분은 한 번도 공개된 적이 없는 것이었다. 특히나 살려고 기를 쓰는 모습이 담긴, 가슴이 미어지는 영상은 절대로 공개한 적이 없었다. 내가 겪은 일들에 꽤 덤덤해졌다고 생각했고, 정서적으로 많이 치유됐던 해를 보낸 후에는 더 그렇다고 생각했다. 그런데 유독 그 순간은 전과 완전히 다른 느낌이었다.

춤을 추기 전에 영상을 보는데 병원 침대에 누워서 살려고 분투하는 소녀가 눈에 들어왔다. 그 영상을 보자 가슴이 미어졌다. 소녀의 고통이 그토록 강렬하게 전해진 건 처음이라서 어린 빅토리아에게 손을 뻗어 버티라고, 계속 싸우라고, 다 괜찮아진다고 말해주고 싶었다. 나는 순간적으로 고통스러웠던 시절로 돌아갔고 몸이 마비되다시피 했다. 가슴이 옥죄었고 손이 덜덜 떨렸으며 눈물이 차오르기 시작했다.

「어떻게 이럴 수가 있지? 어떻게 여기까지 왔지? 얼마 전만 해도 하반신 마비였는데, 지금은 수백만 명 앞에서 춤을 추려고 하다니. 다리에 감각도 없는데. 어느 쪽 발을 쓰는지도 모르겠어. 이건 불가능 같아. 정말로 춤을 추는 걸까?」

눈 깜짝하는 사이에 쓰나미처럼 머릿속을 덮친 온갖 생각과 감정 때문에 갇히고 붙들린 기분이 들었다. 하지만 다음 순간 누군가 들뜬 목소리로 이렇게 외쳤다.

"빅토리아, 빅토리아. 날 보세요."

고개를 들자 발렌틴이 함박웃음을 짓고 있었다.

"지금 주인공은 바로 당신이에요."

바로 그 순간 아름답고 경이로운 현실로 즉시 되돌아왔다. 나는 살아 있었으며, 두 발로 서서 이제 차차차를 추며 세상 사람들에게 불가능이란 없다는 것을 보여주려고 했다. 공연을 준비한 첫날부터 이 공연에는 훨씬 위대한 목적이 있음을 알았다.

딱, 딱, 딱, 딱.

네 번의 딱 소리, 모든 춤에 앞서 울리는 인트로 비트가 들리자, 고개를 들고 하나님께 감사할 수밖에 없었다. 가슴이 감사로 넘쳐흘렀다. 음악이 시작되자 카메라를 쳐다봤다가 다시 내 파트너인 발렌틴을 바라봤다. 그는 내게 달려와 내 손을 잡고 들뜬 목소리로 말했다.

"가서 세상을 바꿉시다!"

그리고 눈 깜짝할 새에 (정확히 말하면 1분 11초 만에) 우리는 정말로 세상을 바꿨다. 우리는 수백만 명에게 춤으로 증명했다. 극복하지 못할 것 같은 불운과 연이은 고난에도 불구하고 승리할 수 있다는 것을 말이다.

이 경험은 내 인생에서 강렬한 기억으로 남은 순간 중 하나였고, 내 상상을 초월하는 일이었다. 이제 나는 병원 침대에 누워 있는 그 소녀가 아니었다. 살아 있었고, 자유로웠으며, 반짝이는 핫 핑크 프린지 팬츠를 입고 〈댄싱 위드 더 스타〉에서 춤추고 있었다. 열 살 때 엄마에게 '나도 언젠가 저기 나갈 거예요'라고 의기양양하게 말했던 바로 그 프로그램 말이다. 내가 아팠을 때 부모님은 내 의식이 남아 있어서 내가 계속해서 꿈과 믿음을 간직하길 바라며 텔레비전에 〈댄싱 위드 더 스타〉를 틀어두었다. 이 프로그램은 이 여정의 끔찍하고 고통스러웠던 순간에 여러 번 나의 탈출구가 되어주었다.

그 순간 전체 여정이 한 바퀴를 돌아 제자리로 돌아온 것 같았다. 음악이 끝나고 불꽃이 터지는데 얼굴에서 미소가 떠나질 않았다. 말문이 막힐 만큼 감격스러운 기분이 든 건 오래만이었다.

"당신이 해냈어요. 정말로 자랑스러워요!"

발렌틴이 말했다. 우리는 눈물을 흘리며 서로를 껴안고 그 순간을 만끽했다. 정말이지 아무 말도 할 수 없었다. 이 순간은 우리가 생각한 것보다 거대했고, 우리 춤은 보통 춤보다 훨씬 많은 의미를 담고 있었다. 내게 주어진 두 번째 삶의 기회에 미친 듯이 감사할 수밖에 없었다. 관중 속에서 기쁨의 눈물을 흘리는 부모님을 보자 머릿속엔 오로지 이 생각뿐이었다.

「살아서 정말 기쁘다.」

관중들이 환호했고 톰 버거런Tom Bergeron이 함박웃음을 띠고 다가와 대견하다는 듯이 말했다.

"방금 당신이 해낸 일을 좀 보세요."

또 한 번 중요한 깨달음이 찾아왔다.

「드디어 정상에 오른 거야. 그리고 이건 승리의 춤이야!」

수년간 이어진 고통과 괴로움과 싸움이 이제 기쁨과 감사와 춤이 되었다. 나를 잘 아는 사람들은 내가 춤을 얼마나 좋아하는지 안다. 내가 겪은 고통의 목적을 두 눈으로 똑똑히 확인하는 순간이었다.

고통의 목적.

그 눈부심과 화려함을 제쳐두고서라도 〈댄싱 위드 더 스타〉 출연은 나를 엄청나게 치유해주었다. 이런 치유가 필요했다는 걸 그동안 모르고 있었다.

〈댄싱 위드 더 스타〉에 출연하러 가기 전에 나는 이 여정에서 얻은 심각한 외상후스트레스 장애로 휘청거렸다. 10년이 지

나서야 모든 게 한꺼번에 덮쳤다. 무척 가까운 사람 몇 명만 내가 무척 힘든 시기를 보내고 있다는 걸 알았고, 고통에 몸부림치고 있다는 걸 알았다. 하지만 다른 사람들에게는 나는 전투용 가면을 쓰고 미소 뒤에 숨겼다. 내가 겪었던 모든 고통의 목적을 찾으려고 여전히 애를 쓰고 있었다. 아주 잠시 고통의 목적을 이해할 것 같은 순간도 있었지만, 거의 항상 이해할 수 없었다. 2017년 9월 18일에 첫 번째 춤을 추기 전까지는 그랬다.

여정 내내 하나님은 나를 치유해줄 사람들을 차례차례 보내주셨다. 한 사람 한 사람이 하나의 퍼즐 조각 같은 존재였고, 함께 모여서 내가 다시 온전해지도록 도왔다. 어렸을 때 바닥에 퍼즐을 전부 쏟은 다음에 조각을 하나하나 연결하면 전체 그림이 드러났는데, 그 과정과 비슷했다.

그런데 처음에는 엉망진창이었다. 나는 퍼즐이었고 엉망진창이었다. 여기까지 오면서 대부분 퍼즐 조각이 맞춰진 상태였지만, 여전히 비어 있는 부분이 있었다.

모든 춤에 우리는 이야기와 메시지를 담았다. 춤을 출 때마다 발렌틴은 내게 고개를 꼿꼿이 들고 훨훨 날아오르는 법을 가르쳤다. 존 코치가 수영장에서, 존 트레이너가 프로젝트 워크에서 그랬던 것처럼 발렌틴도 나를 밀어붙였다. 그는 내가 할 수 없는 일에 주목하는 대신에 내가 할 수 있는 일에 힘을 실어주었다.

발렌틴은 두 다리에 감각이 없는 내게 무려 춤추는 법을 가르쳤다. 내가 다시 춤추게 될 줄은 상상도 못 했다. 많이 아팠을 때 그리웠던 것 중 하나가 춤이었다. 춤추는 상상을 하며 몇 시간을 보내곤 하던 내가 진짜로 춤추고 있었다. 우리는 나와 내 다리가 따로 놀지 않게 할 체계적인 방법을 고안했다. 발렌틴과 나는 여러 키워드를 만들었고, 시청자들이 텔레비전으로 프로그램을 즐기며 아름다운 음악을 듣는 동안 서로에게 이런 단어들을 소리치곤 했다.

"토끼, 새우, 왼쪽, 강아지, 오른쪽, 최애 지그재그, 찌르기, 폴짝, 미끄러지기, 퀵 퀵 슬로우, 아래……."

몇 가지 키워드만 나열하자면 이렇다. 한 주 한 주 지날수록 발렌틴은 나를 더 밀어붙였고 내 춤 실력도 점차 향상됐다. 여간 힘든 게 아니었다. 매일 연습실에서 다섯 시간 넘게 연습했고, 연습이 끝나도 무수한 시간 동안 이미지 트레이닝을 하며 다리가 계속 움직이는지 확인했다. 여전히 근경직이 심했는데, 믿거나 말거나 춤추기 시작하면 경직된 근육이 풀리고, 등의 신경통이 가시고, 잘 걷기까지 했다. 모든 면에서 춤은 길고 고통스러웠던 이 여정 끝에 찾아온 마지막 치유의 조각이었다. 춤은 나를 완전히 자유롭게 했고, 내 몸이 가진 능력을 진정으로 알게 해주었다.

걷는 법을 배우는 것보다 춤추는 법을 배우는 게 열 배쯤 힘들었다. 하지만 매일 댄스 플로어 위에 설 때마다 내가 무엇을 할 수 있는지 다시 한 번 깨달았고, 내가 감내한 모든 고통의 위대한 목적을 발견했다. 우리는 사람들의 삶을 바꾸고 있었다. 스텝을 밟을 때마다, 춤을 출 때마다 내 조각이 제자리로 돌아와 맞춰졌다. 우리 가족이 보았고, 내가 보았고, 세상이 보았다. 불가능이란 없다는 것을 거듭해서 깨달았다. 내가 춤춘다는 사실 자체가 기적이었다. 게다가 금상첨화로 나는 춤 덕분에 고개를 꼿꼿이 들 줄 알게 되었는데, 10년이 훌쩍 넘는 세월 동안 못하던 일이었다.

발렌틴은 매주 내게 춤을 가르친 것 외에도 기어코 내가 자신감을 가지고 당당히 서도록 했다. 전에는 절대로 터득이 안 되던 일이었다. 나는 수년간 쓰러져 있었던 탓에 고개를 숙이고 사는 데 익숙해졌다. 오랫동안 휠체어를 타고, 다른 사람의 시선을 받고, 친구들에게 무시당하자 자꾸만 숨어들게 됐다. 백 번은 족히 넘게 지적받았지만, 걷기 시작했을 때조차 여전히 고개를 숙이고 걸었다. 보통은 넘어질까 봐 두려워서였고, 다른 때는 어떤 발이 먼저 나가고 있는지 확인하기 위해서였다. 다리에 감각이 없어서 걸음걸이를 완전히 통제하기가 힘들었기 때문이다.

모든 버릇이 그러하듯, 좋든 나쁘든 시간이 지나면 거기에 익숙해진다. 나는 고개를 숙이고 내 동굴 안에 숨는 데 익숙해졌다. 하지만 나는 그 안에 머무를 운명이 아니었고, 하나님은 나를 위해 다른 계획을 예비해두셨다.

* * *

근사한 경험만으로도 좋은데 프로그램에 출연하면서 사귄 친구들과 내가 만난 사람들은 '케이크 위에 뿌린 가루 설탕'처럼 좋은 데 좋은 걸 더한 존재였다. 내가 당당한 모습으로 빛나는 데 이들이 굉장한 도움을 주었다. 멋진 일은 이게 끝이 아니고, 나의 다른 상처까지 치유되고 있다는 사실이다.

세상에 돌아온 이래로 수년간 생일을 맞는 일이 너무 힘들었다. 열다섯 번째 생일을 맞은 2009년에는 정말로 다음 생일을 기약할 수 없다고 믿었다. 바쇼버라 신부님이 한 줄기 희망을 주셨지만, 속으로는 내게 주어진 시간이 끝났다고 생각했다. 그래서 가족에게 작별 인사를 고했고, 조금만 더 버텨서 형제들하고 마지막 생일을 보내려고 했다. 그렇다 보니 열다섯 번째 생일 이후로 생일을 떠올리면 언제나 마음이 무거웠다. 하지만 그것도 스물세 번째 생일 전까지였다.

스물세 번째 생일은 깜짝 케이크와 티아라로 나를 놀라게 한 〈댄싱 위드 더 스타〉 식구들을 비롯해 시청자 수백만 명과 함께했다. 그날 이후 생일에 대한 내 태도가 180도 달라졌다. 이 추억으로 지난 생일에 대한 나쁜 기억이 케이크 위에 뿌린 가루 설탕처럼 사르르 녹아 사라졌다.

드디어 나는 옆에 서서 구경만 하는 처지에서 벗어나 직접 경기를 뛰었고 최고의 팀과 함께했다. 여기가 바로 산의 정상이었고, 이게 바로 내가 꿈꾸던 경치였다. 상상했던 것보다 더 좋았다. 오르기 힘든 산일수록 경치가 더 아름답다는 사실을 다시 한 번 느꼈다.

* * *

두려움을 직시하면 두려움을 받아들이게 되고, 두려움을 받아들이면 누려움에 저항하게 되고, 결국에는 두려움을 정복하게 된다.

마주하고, 받아들이고, 저항하고, 정복하라.

용기를 내서 두려움을 느끼고 고통을 감내하며 계속 나아가라. 처음보다 나아질 거라고 약속한다. 계속해서 산을 올라

라. 아프더라도 그렇게 하라. 그럴 가치가 있을 만큼 아름다운 경치가 펼쳐질 것이고, 당신이 상상하는 것보다 멋진 승리의 춤을 추게 될 거라고 약속한다.

가장 좋은 때는 아직 오지 않았다. 그리고 나는 이제 시작이다.

감사하고,

감사하고,

또 감사합니다

Special Thanks

◆ ◆ ◆

　비극적이고도 아름다웠던 나의 여정에서 만난 어떤 이에게 감사한 마음을 전해야 할까 생각해보는 동안 다시 한 번 깨달았습니다. 이 여정의 세세한 부분을 남김없이 쓰는 것도 불가능했지만, 내가 만난 근사한 천사들을 일일이 열거하는 것도 불가능하다는 걸요. 그렇게 한다면 이 책은 천 쪽이 훌쩍 넘어갈 테니까요. 지난 12년 동안 내 삶에 왔다 간 천사들은 이유가 있어서 왔고 때가 되면 떠났습니다. 본인들은 자기가 그 천사임을 알 겁니다. 모두 내 마음에 소중히 남아 있다는 사실을 위안으로 삼아주세요. 감사하고, 감사하고, 또 감사합니다. 여러분이 내 두 날개를 떠받치는 바람이 되어주었음에 평생 감사하겠습니다. 모두 사랑합니다. 내가 날아오를 수 있도록 두 날개를 주셔서 정말로 감사합니다.

옮긴이 박지영

전남대학교 영어영문학과를 졸업하고 인디애나 대학교 대학원에서 언어학 석사 학위를 받았다. 대학 부설 어학당에서 외국인 유학생들에게 한국어를 가르쳤으며, 지금은 바른번역 소속 번역가로 활동하고 있다. 옮긴 책으로는 『5가지 절대 법칙』, 『샤인』 등이 있다.

나는 나를 포기하지 않는다

초판 1쇄 인쇄 2021년 2월 10일
초판 1쇄 발행 2021년 2월 16일

지은이 빅토리아 알렌
옮긴이 박지영
펴낸이 김남전

편집장 유다형 | **기획·책임편집** 서선행(hamyal@naver.com) | **디자인** 정란 | **외주교정** 이하정
마케팅 정상원 한웅 정용민 김건우 | **경영관리** 임종열 김하은

펴낸곳 ㈜가나문화콘텐츠 | **출판 등록** 2002년 2월 15일 제10-2308호
주소 경기도 고양시 덕양구 호원길 3-2
전화 02-717-5494(편집부) 02-332-7755(관리부) | **팩스** 02-324-9944
홈페이지 ganapub.com | **포스트** post.naver.com/ganapub1
페이스북 facebook.com/ganapub1 | **인스타그램** instagram.com/ganapub1

ISBN 978-89-5736-322-5 (03840)

가나출판사는 당신의 소중한 투고 원고를 기다립니다. 책 출간에 대한 기획이나 원고가 있으신 분은
이메일 ganapub@naver.com으로 보내 주세요.